Pass The Gravy

新編賈氏妙探

之19 富貴險中求

賈德諾 Erle Stanley Gardner 著　周辛南 譯

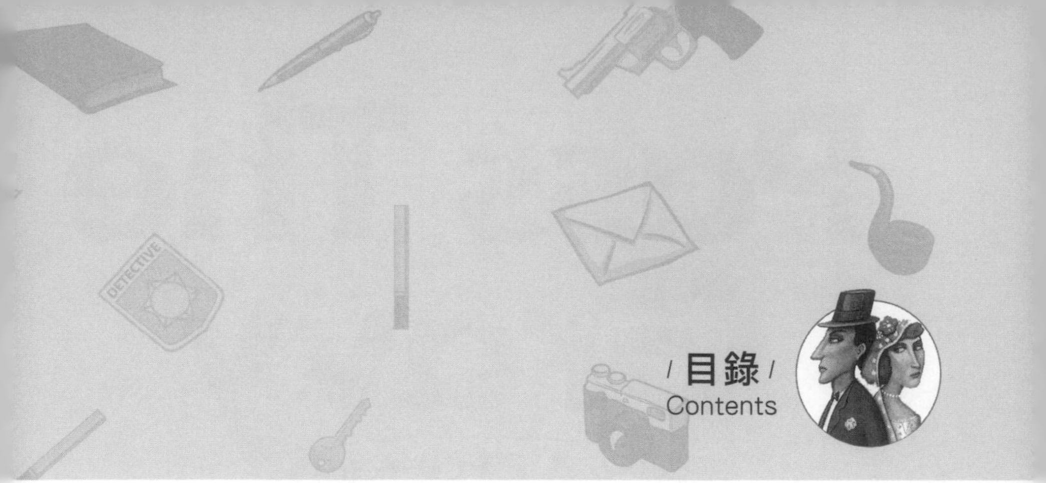

目錄
Contents

Pass The Gravy

出版序言

關於「妙探奇案系列」

當代美國偵探小說的大師，毫無疑問，應屬以「梅森探案」系列轟動了世界文壇的賈德諾（E. Stanley Gardner）最具代表性。但事實上，「梅森探案」並不是賈氏最引以為傲的作品，因為賈氏本人曾一再強調：「妙探奇案系列」才是他以神來之筆創作的偵探小說巔峰成果。「妙探奇案系列」中的男女主角賴唐諾與柯白莎，委實是妙不可言的人物，極具趣味感、現代感與人性色彩；而每一本故事又都高潮迭起，絲絲入扣，讓人讀來愛不忍釋，堪稱是別開生面的偵探傑作。

任何人只要讀了「妙探奇案」系列其中的一本，無不急於想要找其他各本，以求得窺全貌。這不僅因為作者在每一本中都有出神入化的情節推演，而且也因為書中主角賴唐諾與柯白莎是如此可愛的人物，使人無法不把他們當作知心的、親近的朋友。「梅森探案」共有八十五部，篇幅浩繁，忙碌的現代讀者未必有暇遍覽全集。而「妙探奇案系列」共為廿九部，再加一部偵探創作，恰可構成一個完整而又連貫的「小全集」。每一部故事獨立，佈局迥異；但人物性格卻鮮明生動，層層發展，是最適合現代讀者品味的一個偵探系列。雖然，由於賈氏作品的背景係二次大戰後的美國，與當今年代已略有時間差異；但透過這一系列，讀者仍將猶如置身美國社會，飽覽美國的風土人情。

本社這次推出的「妙探奇案系列」，是依照撰寫的順序，有計劃的將賈氏廿九本作品全部出版，並加入一部偵探創作，目的在展示本系列的完整性與發展性。全系列包括：

①來勢洶洶 ②險中取勝 ③黃金的秘密 ④拉斯維加，錢來了 ⑤一翻兩瞪眼 ⑥變！失踪的女人 ⑦變色的色誘 ⑧黑夜中的貓群 ⑨約會的老地方 ⑩鑽石的殺機 ⑪給她點毒藥吃 ⑫都是勾搭惹的禍 ⑬億萬富翁的歧途 ⑭女人等不及了 ⑮曲線美與痴情郎 ⑯欺人太甚 ⑰見不得人的隱私 ⑱探險家的嬌妻 ⑲富貴險中求 ⑳女人豈是好惹的 ㉑寂寞的單身漢 ㉒躲在暗處的女人 ㉓財色之間 ㉔女秘書的秘密 ㉕老千計，狀元才 ㉖金屋藏嬌的煩惱 ㉗迷人的寡婦 ㉘巨款的誘惑 ㉙逼出來的真相 ㉚最後一張牌。

本系列作品的譯者周辛南為國內知名的醫師，業餘興趣是閱讀與蒐集各國文壇上高水準的偵探作品，對賈德諾的著作尤其鑽研深入，推崇備至。他的譯文生動活潑，俏皮切景，使人讀來猶如親歷其境，忍俊不禁，一掃既往偵探小說給人的冗長、沉悶之感。因此，名著名譯，交互輝映，給讀者帶來莫大的喜悅！

譯序

美國有史以來最好的偵探小說

周辛南

賈氏「妙探奇案系列」，（Bertha Cool—Donald Lamm Mystery）第一部《來勢洶洶》在美國出版的時候，作者用的筆名是「費爾」（A. A. Fair）。幾個月之後，引起了美國律師界、司法界極大的震動。因為作者大膽的在小說裡寫出了一個方法，顯示美國人在現行的美國法律下，可以在謀殺一個人之後，利用法律上的漏洞，使司法人員對他無計可施，只好讓他逍遙法外。

於是「妙探奇案系列」轟動了美國的出版界、讀書界和法律界，到處有人打聽這個「費爾」究竟是何方神聖？

作者終於曝光了，原來「費爾」就是名作家賈德諾的另一個筆名。史丹利．賈德諾（Erle Stanley Gardner）是美國當代最著名的作家之一。他本身是法學院畢業的律師，早期執業於舊金山，曾立志為在美國的少數民族作法律辯護，包括較早期的中國移民在內。律師生涯平淡無奇，倒是發表了幾篇以法律為背景的偵探短篇頗受歡迎。於是改寫長篇偵探推理小說，創造了一個五、六十年來全國家喻戶曉，全世界一半以上國家有譯本的主角——梅森律師。

由於「梅森探案」的成功，賈德諾索性放棄律師工作，專心寫作，終於成為美國有史以來第一個最出名的偵探推理作家，著作等身，已出版的一百多部小說，估計售出七億多冊，為他自己帶來巨大的財富，也給全世界喜好偵探、推理的讀者帶來無限樂趣。

賈德諾與英國最著名的偵探推理作家阿嘉沙．克莉絲蒂是同時代人物，都活到七十多歲，都是學有專長，一般常識非常豐富的專業偵探推理小說家。

賈德諾因為本身是律師，精通法律。當辯護律師的幾年又使他對法庭技巧嫻熟，所以除了早期的短篇小說外，他的長篇小說分為三個系列：

一、以律師派瑞．梅森為主角的「梅森探案」；

二、以地方檢察官Doug Selby為主角的「DA系列」；

三、以私家偵探柯白莎和賴唐諾為主角的「妙探奇案系列」；

以上三個系列中以地方檢察官為主角的共有九部。以私家偵探為主角的有二十九部，梅森探案有八十五部，其中三部為短篇。

梅森律師對美國人影響很大，有如當年英國的福爾摩斯。「梅森探案」的電視影集，台灣曾上過晚間電視節目，由「輪椅神探」同一主角演派瑞．梅森。

研究賈德諾著作過程中，任何人都會覺得應該先介紹他的「妙探奇案系列」。讀者只要看上其中一本，無不急於找第二本來看，書中的主角是如此的活躍於紙上，印在每個讀者的心裡。每一部都是作者精心的佈局，根本不用科學儀器、秘密武器，但緊張處令人透不過氣來，全靠主角賴唐諾出奇好頭腦的推理能力，層層分析。而且，這個系列不像某些懸疑小說，線索很多，疑犯很多，讀者早已知道最不可能的人才是壞人，以致看到最後一章時，反而沒有興趣去看他長篇的解釋了。

美國書評家說：「賈德諾所創造的妙探奇案系列，是美國有史以來最好的偵探小說。單就一件事就十分難得——柯白莎和賴唐諾真是絕配！」

他們絕不是俊男美女配：

柯白莎：女，六十餘歲，一百六十五磅，依賴唐諾形容她像一捆用來做籬笆，帶刺的鐵絲網。

賴唐諾：不像想像中私家偵探體型，柯白莎說他掉在水裡撈起來，連衣服帶水不到一百三十磅。洛杉磯總局兇殺組宓警官叫他小不點。柯白莎叫法不同，她常說：「這小雜種沒有別的，他可真有頭腦。」

他們絕不是紳士淑女配：

柯白莎一點沒有淑女樣，她不講究衣著，講究舒服。她不在乎別人怎麼說，我行我素，也不在乎體重，不能不吃。她說話的時候離開淑女更遠，奇怪的詞彙層出不窮，會令淑女嚇一跳。她經常的口頭禪是：「她奶奶的。」

賴唐諾是法學院畢業，不務正業做私家偵探。靠精通法律常識，老在法律邊緣薄冰上溜來溜去。溜得合夥人怕怕，警察恨恨。他的優點是從不說謊，對當事人永遠忠心。

他們也不是志同道合的配合，白莎一直對賴唐諾恨得牙癢癢的。

他們很多地方看法是完全相反的，例如對經濟金錢的看法，對女人——尤其美女的看法，對女秘書的看法——

但是他們還是絕配！

賈氏「妙探奇案系列」，為筆者在美多年收集，並窮三年時間全部譯出，全套共三十冊，希望能讓喜歡推理小說的讀者看個過癮。

第一章　世故的小女孩

小女孩大概只有十五歲，但勉強自己裝成勇敢、世故的樣子。柯白莎在想辦法拒絕她，哄她離開。

我站在門口，手握在門把上，說：「對不起，白莎，我不知道你在忙。」

「沒關係，」白莎說，「她要走了。」

小女孩眨眨眼，避免眼淚掉下來。看樣子她不想離開，但是她也不肯開口來求。她自尊地站起來，說道：「謝謝你接見我，柯太太。」

她走向辦公室門口。

我站在門口沒有移動。

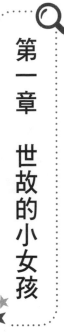

柯白莎解釋地說：「這位是我的合夥人賴唐諾；這位小姐是鄧仙蒂。唐諾，我有重要事和你討論。」

小女孩大大的藍眼睛裡滿是淚水，雖然勉強淚水不流出來，但還是逼出了一個笑容。「賴先生，你好。」她裝出有禮貌地說。

她向門外走，由於我仍站在門口，她不得不停住。

「仙蒂，你有點困難，是嗎？」我問。

她點點頭，突然想推開我跑出去。

「不關我們事。」白莎說：「沒鈔票——一毛也沒有。」

我把手臂圍在她後肩上。「等一下，仙蒂，」我說，「你有什麼困難？」

白莎向我怒視著：「她已經對我說過了，我也告訴過你，我們幫不上她的忙。」

「仙蒂，你要我們幫什麼忙？」我問。

從我圍在她肩上手臂傳過去的溫暖，和人類同情心的壓力，對這樣年齡的女孩子實在太重了，她一下靠上我的上身，開始哭出聲來。聳著肩的輕哭。

「可惡！」白莎說：「我最討厭裝腔作勢。把她弄出去。」

「我們就走。」我說。

「我有事找你！」白莎叫道。

「那就現在談。等一下我要和仙蒂聊聊。仙蒂，坐一下。」我說。把仙蒂送回到椅子旁。

小女孩猶豫地看看白莎，然後膽怯地坐在椅子的最邊上。

「到底什麼事？」我問。

白莎生氣地說：「不算什麼事，我們也幫不上她的忙。她想找她的亞莫叔叔。假如亞莫叔活著，好像會得到點錢。假如他高興，會給仙蒂的媽媽一點錢。媽媽就可以付醫藥費和全家團圓。好像媽媽病得不輕，已無法工作。即使你找到那叔叔，他不一定肯給媽媽錢，也沒有付私家偵探的錢。老天，你把業務接洽交給我來辦，讓這小孩走。」

我握著仙蒂的手，走出白莎的辦公室，經過接待室，把她帶到我的私人辦公室。

卜愛茜，我的私人秘書，看向她的眼睛，同情心油然而生。

我說：「愛茜，進來，替我把重點記下來。」

她把仙蒂安置在長沙發上，自己坐在她身旁，把手臂圍著她肩膀，問道：「怎麼回事？」

仙蒂把眼淚擦乾，像個淑女似的，把笑容掛在臉上，把自己坐直，看向愛茜和我。愛茜把手從她肩後收回，像個好秘書，坐在那裡靜聽上司和客戶談公事。

我問：「你怎麼會闖到我們這裡來的？」

「我看電視節目。」她說，「我知道好的私家偵探無所不能。圖書館裡有一位管理員是我好朋友。她告訴我柯賴二氏私家偵探社。所以我時常對自己說，我要是有什麼事，第一件事就是來找你們。我進來原本是來找你的。別人說你非常聰明。但是你不在，柯太太說由她來接見我。」

「到底有什麼事呢？」我問。

她說：「亞莫叔。」

「他的名字是什麼？」

「姓蓋，蓋亞莫叔叔。」

「亞莫叔，怎麼樣？」

「亞莫叔，是個怪人。」

我點點頭。

「亞莫叔定時會離家出走……媽媽和我對他這種習慣無法控制，因為我們對酒癮知道不多。媽媽說他毛病很重。酒蟲出來的時候，他無法抵抗，就像我要出痲疹一樣。」

「他目前又出走了？」我問。

「他又出去豪飲，但這次沒有回來。他給媽媽寫信說要回來了，說他分毫也沒了，要一路搭便車回家。但是他沒有回家。」

「家在哪裡？」我問。

「他有他自己的地方，但離我們家不遠——亞莫叔叔喜歡我，也喜歡我媽媽。」

「亞莫和你什麼關係？」我問。

「我媽媽嫁給他哥哥。他的哥哥——也就是我爸爸死後，我媽媽又嫁給鄧吉曼。不過媽和鄧吉曼已經離婚。」

「你們還常和亞莫叔碰面？」

「喔，是的，他是大好人，他喜歡我們。亞莫叔有信託基金供他開支。他每個月給媽媽三十元用。這個月我想他自己沒拿到任何錢，我們也沒有見到他。」

「也沒有他消息？」

她搖搖頭：「一張明信片而已。說他正在回家路上，一回來就會來看我們。但是他就是沒回來。」

「他的信託基金是怎麼回事？」我問。

「那是他的伯父給他的遺產。」

「你知道他伯父的名字嗎？」

很多。」

「蓋海伯。」

「你知道留下多少錢嗎？」我問。

她搖搖頭說：「我知道是一大筆錢，但亞莫叔只得每月開支。以後他會得很多。」

「你媽媽也知道嗎？」

「當然，他給媽媽每個月三十元。他告訴媽媽，一旦他把錢全部拿到了，他會多給媽媽一點。他要三十五歲才能拿到信託基金全部的錢。他告訴媽媽，他立了一張遺囑，萬一他死亡，他的一切都留給我媽媽。我想我和媽媽是他唯一有關係的人了。我們都喜歡他。」

我看看手錶說：「我一定要去看柯白莎了。我們是有一件要事要商量。她還在等我。你在這裡，和這位卜愛茜小姐聊聊。告訴她你媽媽的名字、你家的地址，假如有電話就把電話號碼留下。之後你回去好了——你會搭巴士回去嗎？」

她幾乎瞪我一眼地說：「當然，我都快十五歲了。」

「好吧。」我告訴她，「你先回去，我們找到什麼，會告訴你的。」

「但是柯太太說你們不接這種案子的，她說接這種生意會破產的……她說……」她眼睛很快地眨著。

我說：「白莎外表是鋼筋水泥的。但不要被她騙了。她心倒是發光的鑽石。」

我向愛茜點點頭。說道：「重要資料都仔細問清楚。我現在到獅子籠裡去一趟。」

第二章　蓋亞莫的代表

柯白莎的外形、重量和狠勁，總使我想起一捆做籬笆用的有刺鐵絲網。

現在，她用她小小的、生氣的眼睛怒視著我，怨恨地說：「白馬王子！聖誕老人！你把我變成一個吝嗇的老巫婆，你去做好人，討好這個乳臭未乾的黃毛丫頭。」

「我只是要知道她想要什麼。」我說。

「我知道她想要什麼。」柯白莎說：「她要同情、感動和救濟。你就這點不好，你有愚庸自滿男性的一切討厭性格。不管什麼年齡的女人，只要給你眨眨眼，流兩滴眼淚，你就會拍拍她肩膀，問她要什麼。

「假如你不是那樣渾蛋，你就會懂得現實的生活。這丫頭有個母親。她母親可懂得人情世故。她把小孩子送來私家偵探社，目的就是爭取同情，占我們便宜，不是因為她病得不能來。」

我站在那裡向她笑笑。「你找我有什麼事？」我問。

「我都不知道我今後要不要再找你。」白莎說：「你那種態度，你以為你有同情心，你有高尚的人格！老實說，唐諾，要不是我辛苦地給你守著這個攤子，你在一開業的三十天內就把這個偵探社拱手讓人了。」

「暫時不談嗎？」我問。

「什麼東西暫時不談？」

「你要找我談的事呀。」

「不行，不能不談。」

「那就最好告訴我，你找我幹什麼。」我說。

「喔，沒什麼了不得的事。」白莎揶揄地說，「只是五百元客戶付的定金。五十元一天給作業員的工作費，三百元的費用開支。假如一個禮拜之內這樣或那樣能解決問題，我們可以得五百元獎金。」

白莎假裝做個樣子，把什麼東西摔進廢紙簍，手上鑲鑽石的戒指跟了她半圓形的手部動作，閃閃地發出亮光。她說：「但是，我們不需要錢。喔！我們不需要。我們高貴，神聖，不需要錢。公司的開支自己會從地上長出來的。你儘管去追你的海市蜃樓，把鈔票摔出去。柯賴二氏偵探社是陪人家小孩玩的！」

白莎得理不饒人，拿起電話，假裝說：「什麼……兩千元……對不起，我們沒有興趣。我們正忙著替五歲的小孩找一隻狗熊寶寶。」

白莎假裝把話筒摔還鞍座。

我把辦公室門打開。

「你又想到什麼地方去？」白莎叫著問。

「出去一下。」我說，「我有事要做。」

「去替一個藍眼睛，胸部尚未發育，腿還像竹竿的黃毛丫頭工作？你給我回來，聽我說給你聽。」

「我聽了好久了，但是什麼也沒有聽到呀！」

白莎閉上她牛頭犬似的下巴，臉氣得發抖。她從桌上拿起幾張摘記。「你聽好了。」她說，「一個禮拜之前，一個叫柏馬鍇的人失蹤了。他的太太柏岱芬很焦急，要我們找這個人。」

「為什麼？」我問。

「為什麼？」柯白莎怪叫道：「我怎麼知道為什麼？我想是她挺愛這王八蛋的。」

「有保險金問題嗎？」

「為什麼這樣想？」

「因為那五百元獎金。」我說：「女人不太想到獎金問題，尤其先生只是一個禮拜沒回來。」

白莎眼神顯得憎惡我這句話，但是她立即進入情況。「你是個有腦子的小雜種。」她勉強地欽佩道：「有的時候我奇怪你怎麼會一點就通——有的時候我也奇怪，怎麼還沒有個女人伸手把你舌頭挖出來餵王八。」

「這樣說來，是牽扯到保險了。」

「七萬五千元。」白莎說，「意外死亡，雙倍給付。」

「我們從什麼地方開始來查？」我問。

她說：「不是我們——是『你』開始去查。從訪問柏太太開始。她的名字叫岱芬。是個美女。」

「你放心讓我去？」我問。

「我不怕，」她說，「費用的事全部談妥了。你儘管去。她要把腿交叉起來，你也可以放心大膽看。她占不了我們便宜。所有『錢』的問題，我白莎都敲定了——告訴你她是哪一種女人，唐諾，她現在連正眼都不會看你一下。因為，她知道白莎定好了價錢，一毛錢也省不了她的。嘿，要不是白莎先把錢的問題講好，我要讓你去看她，她把兩條腿一交叉，再露一點尼龍絲襪給你看，準叫你眼睛瞪得像金魚眼，又要免費給她服務了。」

我平靜地說：「也沒那麼嚴重——我去哪裡找她？」

「金環公寓。她在等你。是七二一房。她會告訴你全部情況；除非你替黃毛丫頭辦事把時間耽誤了。」

「開支有多少？」

「開支限額三百元。超過三百元，我們自掏腰包。」

「那怎麼夠？」我問。

「不夠也得夠。」

「好，等一下我把三百元去領出來，省點花，試試看。」

白莎怒視著我說：「先領五十元出去。不夠回來再領。」

「我不喜歡那種做法，」我說，「我領三百元出去，用不完的繳回來。」

白莎氣得臉變色。她重重吸進一口氣，我知道這是大發作前的準備。我不等她時機成熟，便走出她辦公室，把門帶上，回到我自己的辦公室。

鄧仙蒂仍在和卜愛茜聊天。

「有照片嗎？」我問卜愛茜，把眼睛瞄向她記的摘記。

「她想她媽媽那裡有一張。」

「你怎麼來的？」我問仙蒂。

「公車。」

「要搭便車回去嗎？」

「你開車？」

我點點頭。

她眼睛亮起。「好極了。」她說。

「走吧。」我告訴她。

卜愛茜用關心的眼光看我們離開辦公室。

我填了一張傳票，向出納要了三百元開支費，把仙蒂放進我們公司車，開車去見她媽媽。

這是一個劣等的公寓。鄧太太也顯然未想到會有客人來訪。

「我像個怪物。」她說：「我現在不能接見你。」

「你準備怎麼樣？」我問。

「穿……穿件像樣點的東西。」她說。

「我是來聽你說話的。」我告訴她：「能說話就行。老實說，我沒太多時間。」

她假裝要生仙蒂的氣，但是她看向仙蒂的時候，眼中和聲音中都充滿了愛意。

「仙蒂告訴我她要去拜訪你們。我告訴她私家偵探不會管我們閒事的。調查工作是很花錢的。」

「事實上是真的。」我說。

她強迫自己笑笑：「但是我們沒有錢。」

「你有工作嗎？」我問。

「曾經有過。」她說。

「因為身體不好放棄了？」

「他們不要我了——因為我動作慢，他們不要我了。我已經忍痛勉強工作了，但是……」

「為什麼不舒服？」我問。

她說，「我想我長了一個……瘤。醫生在六個月之前要我開刀拿掉它。」

「你六個月裡沒有回去看醫生？」

「我要工作。目前我無法去開刀。」

我站起來，走進廚房，把冰箱打開。除了一罐牛奶，什麼也沒有。沒肉、沒牛油、沒蛋。

她生氣地說：「什麼意思？到我家裡來亂翻？」

「只是看一看。」我說。

「賴先生，我們感激你……」她自己把聲調變低到幾乎聽不到，又說：「算了，我現在已經沒辦法了。」

「亞莫叔怎麼樣？」

「他叫蓋亞莫。有一筆他伯父遺下的信託基金，快到期要給他了。」

「他伯父叫什麼名字？」

「蓋海伯。」

「信託基金怎麼回事？」

「信託基金規定，假如蓋亞莫三十五足歲沒有死，也沒有被判定任何罪，全部基金錢都歸他。假如他在三十五足歲前死亡，或他曾被定罪，錢就歸好幾個慈善機關。」

「亞莫現在幾歲了？」

「兩個禮拜之後，他就是三十五歲了。目前受託人每月只給他小量的零花錢。」

「這個規定太嚴了。」我說：「一次酒後開車，他就完了。」

「你為什麼提這一點？」

「哪一點？」

「酒後開車。」

「因為酒後開車是犯法的。很多人因喝了酒開車，不管有沒有醉，而被判定有罪。」

「我想……這……這是，他伯父的本意。」她說，「要知道，亞莫，他……他有週期性的酒癮發作。」

我點點頭。

「仙蒂有沒有告訴你？」

「我只是來對一下事實。」我說：「你儘管講你的，可以節省很多時間。」

「你——是不是你們偵探社願意查這件事？」

「我還不知道。希望能幫你們些忙。」

「我沒有錢。」

「我知道。」

「再說，你一旦找到他，可能反而是最不幸的事了。」

「為什麼？」

「我怕他因為酒後駕車，現在正在什麼地方坐牢。他當然不敢用真名字。」

「他的駕照怎麼辦？」

「他絕對不會笨到拿出來給人看的。他會把它藏到什麼溝裡去的。」

「他人很聰明嗎？」我問。

「他非常聰明。」她說：「對某些事情來說。」

我說：「我們去找他，萬一他在牢裡，怎麼辦？」

「他會失去這些錢。」

「有多少錢？」

「據我知道現在這筆錢變成了七十五萬了。本來是五十萬左右的，都投資在股票上，股票的價值提高了。」

我說：「假如我們找到他，而他不是在監獄中，又如何？」

「那麼，他會幫我忙。這個月我特別需要他幫忙。但我怕他——我只能想到，賴先生，一點消息也沒有，我怕。我想他是在某個地方的牢裡。」

「假如他在什麼地方，」我說，「用假名字坐在牢裡，免得信託基金的受託人知道他犯了法。而我們找到了他，反而害了他，也害了你。」

她點點頭。

「對偵探社來說，用來敲詐他再好也不過了。」

「我不相信偵探社會幹這種事。」

「我也不相信。我只是提醒你一下我們常在電視、電影和小說裡看到的情節。」

她笑一下。蒼白，有病態的笑一下。

我看看她，皮膚有蠟的感覺，什麼化妝品也沒有用。穿了一件家居服，藍眼睛下陷無力。

「你說你看過醫生？」

「是的。」

「哪一位醫生？」

「畢天遜主治醫師。他是——婦女病的專家。」

「他說要開刀？」

「是的。」

「你為什麼以為亞莫叔有了鈔票會分給你們用呢？」

「他很慷慨。他是好朋友。他是我第一任丈夫的弟弟。他一直每個月給我三十元，幫我渡過難關——在我失業之前。現在我什麼希望都沒有了。」

「最後有他的消息，是什麼時候？」

她說：「我為什麼要完全信賴你，賴先生？」

我告訴她：「會有好處的。尤其是你希望我找到人。」

「亞莫是週期性的酒癮客。發作的時候，自己控制不住自己要狂飲。因為他知道，一旦酒後駕車被逮，他就會損失繼承權，所以，每次發作要喝第一杯的時候，他就把汽車鑰匙放進一個信封，寄回來給我。」

「他住這附近？」

「隔壁。」

「公寓？」

「不是，是那幢平房。」

「他把車放哪裡？」

「後面車庫。」

「好，他每次把車鑰匙寄回來，又如何？」

「我保管車鑰匙，等他這一次酒癮過去再還他。有時他來這裡，向我要鑰匙。

但除非確信他酒癮過去，否則絕不給他。」

「你怎麼知道他酒癮過去了呢？」

「我有經驗，對我而言，他喝酒前後判若兩人，用言語是不易說出來的。」

「你曾和他哥哥是夫妻？」

「是的。」

「他哥哥死了？」

「是的。」

「你又結婚了？」

「是的。」

「仙蒂是第一次婚姻的孩子？」

「是的。因為我再嫁給鄧吉曼，所以她改了姓。」

「為什麼？」

「蓋家一直對我不好——亞莫是唯一的例外。」

「海伯呢？」

「他從不關心我們。我第一個丈夫死亡之後，海伯從來沒和我說過話——也沒有和仙蒂說過話。」

「你第一任丈夫的名字叫什麼？」

「蓋睿門。」

我沒有再問問題。

鄧太太過了一下又說，「說回到亞莫。這次我也收到有鑰匙在裡面的信封。我知道亞莫叔酒癮來了，正在外面什麼地方。也許在提前慶祝他三十五歲的生日。我有點憂慮，非常擔心。」

「之後呢？」

「幾天之前，我收到一張明信片。是從卡文鎮來的。說他酒醒了，要回來了。」

「從卡文鎮？」

「是的。」

「車鑰匙在你這裡，他身邊沒有錢。他怎樣回來呢？」

「公路上伸拇指，搭便車。」

我把眉毛抬抬。

「賴先生，我要向你解釋，」她說，「亞莫酒癮發作的時候，並不是他自己要喝酒。而是一種精神病或是病態的生理作用，是一種內心的渴望……」

「你不必浪費時間來解釋週期性的豪飲客。」我說：「反正專家也不知道其原因。」

「是，亞莫就是如此。無論如何他喝酒喝到口袋裡分毫不剩。他每個月從信託基金有三百元收入。這種信託方式主要是對付亂花錢的遺產繼承人的。他的伯父不喜歡他年輕時有錢，所以只給他足夠的生活費。」

我點點頭。

「他要是把錢用完了，他就去任何一個共濟會會員管理的加油站。」

「為什麼去共濟會？」

「因為他自己是共濟會會員。他說他總是會找到共濟會會員開的加油站。他找到這種人，告訴他自己是什麼人，有什麼困難。請他幫助找輛肯帶他一段路的便車。」

「加油站的人肯做這種事？」

「有的人真的很用心幫他找，有的人假裝不知道他在附近徘徊，然後亞莫叔只好自己找可能帶他的人，或是找共濟會會員。」

「就這樣亞莫可以回家？」

「他會回家，有的時候轉搭四、五次便車，有時候運氣好一車到家。」

「這次他給你一張明信片？」

「從卡文鎮。他說一切都正常，已經渡過最困難的時期，已經完全破產，在一個共濟會會員開的加油站等車。他說我們可以在二十四小時內等他回家。」

「此後呢？」

「什麼消息都沒有了。」她說。

「你有沒有考慮過報警？」我問。

「有，但是我也怕這樣幹。」

「為什麼？」

「因為警察發現的事都有記錄。」

「怎麼樣？」

「萬一他在牢裡。他們也一定要記下來。」

「為什麼想到我們……」

「我相信私家偵探可以找到他……假如我是你們的客戶，你就要保護我，對嗎？你不必把不必要的告訴外人。你甚至可能幫他出獄……這樣，不會有太多的宣傳。」

「你的意思是，要把事實隱瞞起來，欺騙基金受託人？」

她把眼光向下垂下來，又抬起頭直視我說：「是的，這個遺囑原本就不公平，有殘忍戲弄的味道。他竊取了太多亞莫的自信心。假如沒有這筆遺囑，說不定亞莫自己已經自立很成功了。他知道他需要治療，但偏偏碰到這個自以為是傲慢的受託人。那個人又自私，又有虐待狂。

「依據信託條件，亞莫為了每月的三百元必須每次親自到受託人辦公室去拿。受託人給他三百元，他簽一張收據。每次受託人會給亞莫一大堆訓詞，要他自立起來。亞莫最討厭他這種說教。每次出來連吃飯的胃口也沒有了，很可能亞莫以後的喝酒就是這樣引起的。」

我看向仙蒂，我問道：「仙蒂對這些都知道嗎？」

「仙蒂信任我，我信任她。」鄧太太說。

「有照片嗎？」我問。

「我有一張六個月之前拍的生活照，我們三個人一起的。」

「拍得好不好？」

「是一張生活照，但是照得相當好，很像。」

「給我看看。我也要看那張明信片。」我說。

她走向書架，拿下一冊書來，是《梅森探案》的三合一本。這書架上幾乎都是偵探小說。有福爾摩斯、阿嘉沙．克里斯蒂、尼羅豪富等。

我抬起眉梢。

「都是仙蒂的。」她解釋：「這小孩子就喜歡推理和懸疑小說，又熱衷於真的謀殺案。這是那張照片，我壓在厚書裡，這樣照片不會皺了。」

仙蒂說：「我用偵探小說訓練我自己的推理能力。媽，沒想到我們家裡今天來了一個如假包換的偵探。」

「寶貝，我認為你太激動了。」她媽媽含笑地說。

她把照片交給我，自己走向一張小桌，撿起一張明信片，拿過來交給我。

我把兩份東西看一下，把照片放入口袋說：「卡文鎮之後，再也沒有亞莫的消息了，是嗎？」

「沒有了。」

「好吧。」我說，把明信片交還給她：「我會四處看一下，能不能替你辦事都會通知你。」

我和她握手。仙蒂，扮著小女主人的身分，把我送出門去。

我走下樓梯。街對面有一家雜貨熱食店，我從開支費裡拿出二十五元，交給那店老闆。

「要買什麼？」

我說：「你認識對面公寓裡一個小女孩叫鄧仙蒂的嗎？她——」

「當然，當然，她們有的時候在這裡買食物。我好幾天沒見她們了。」

「認識她媽媽嗎？」

「我見過她媽媽。和那女孩比較熟一點。」

我問：「她們常買哪些食品，你記得嗎？」

他點點頭。

「那好。」我說，「替我配二十五元她們常買的食品，放兩塊好牛排進去，放隻燒雞進去。她們住三〇五公寓。你把貨送過去時，告訴她們來了一個不認識的男人，說是亞莫叔要她們收下這些食品。」

「誰？」

「亞莫叔。」

「亞莫叔。」他說：「那是蓋亞莫！他就住那邊那——」

「不是他自己。」我說，「是他的一個代表。」

「蓋亞莫的代表？」他說。

我告訴他：「是的。萬一她們問你這個人什麼長相，你就說忘記了。快裝東西送去吧。」

「懂了。你放心。」他說。

我在街上找了一個電話亭，從電話簿裡找畢天遜醫師。

我打電話去畢醫師診所，一位秘書接聽。我說我有十分重要的事要和畢醫師通話。她告訴我這是不可能的事。

我問她能不能和他的護士說話，因為我要安排一位病人入院手術。於是他的護士來聽電話。

我說：「我是蓋亞莫先生的代表。我知道你們有一位叫鄧依玲的病人需要接受手術治療。我要知道她有多嚴重，住院手術全部花費大概多少錢。」

「她確是急需手術。」護士說，「我請畢醫師自己對你說。」

過了一下，一位男人聲音說：「你是哪一位？」

「蓋亞莫的代表。蓋亞莫是病人親戚。」

畢醫師說：「電話上我只能告訴你這病人急需手術。我沒有辦法在電話中證明你身分。再說，即使證明你身分，你們是親戚，只要病人不在，我還是不會和你討論病人病況的。只有一種情況，我才和第三者討論病況，就是病人在場，病人叫我講。但是我可以再告訴你一下，這個病人發生一種情況，需要一次手術才能放心。我有相當大把握，目前為時尚不算晚。但是我相信病況再延誤下去，會影響到附近組織。越晚開刀越是困難。所以你最好到我辦公室來，證明你是什麼人，然後——」

「醫生，手術一共要花多少錢？」

「多少錢！」他向電話喊道：「管他多少錢。早點開刀才是真的。付不付錢都不重要，有錢則付，無錢沒關係，至少我的開刀費可以一毛不收。你們先交一百五十元給醫院，我給你們作保，並且告訴他們我個人一毛不收。她說她有個親戚幾個月後可能給她錢開刀。我知道她沒錢。但她的病不能再等了。把她交給我，我可以治好她，但我不能幫她付醫院費用呀！」

「你的費用可以過些時候付，是嗎？」

「我的費用可以後付，也可以根本不付，一點沒關係。」醫生說：「這樣你可以來我辦公室了嗎？」

「我會去，但還不能定好時間。」我不等他回答，便掛上電話。

第三章　遺囑上白紙黑字的條件

我打電話給《洛杉磯論壇報》，要求接他們的圖書館。管資料檔案的海瑪琳來聽電話。我說，「大美人，我是賴唐諾。」

「唐諾！」她叫道：「這一陣子你躲到哪裡去了？」

「在忙呀。」

「我都見不到你了！」

「我追兇手追到他們洞裡去了。」

「你該像以前一樣，常到這裡來找點資料，對你會有不少好處的。」

「這主意真不錯！」我說：「請你先幫我把一些資料整理好，我在趕時間，我就來看你，拿了就走。」

「可以，」她說，「你要的資料，可以先給你整理好，但是你也不必拿了就走，何必每次都那樣匆忙呢？」

「你會使我血壓升高。」我說，「又促進我新陳代謝。和你在一起，我老覺得肚子餓，想吃東西。」

「喔！」她說：「你不早說，我以後自己烤一個派，帶到辦公室來。」

「就這樣說定。」我說：「現在你幫我找一些資料。一個傢伙叫蓋海伯，好幾年之前死了。留下一筆遺產給侄子蓋亞莫。但是遺囑的意願是專門對付花費無度的不孝子孫的。這遺囑快到期了。目前我覺得有故事可以挖了。」

「姓什麼？蓋？」

「不錯，蓋叫天的蓋。」

「放心，我會給你把資料整理好。你什麼時候到？」

「十五分鐘後。」

「我在門口等你。」

「當真？」

「當真。」她說。又急急加一句，「至少我是當真的。」她把電話掛上，我來不及說話。

我把公司車開到報館。

瑪琳有一頭紅髮，以及紅髮女郎的一切表裡特徵。她又有一個淘氣而稍稍上翹的鼻子。身材在三、四年之前是一流的，所以當選幾次選美小姐。也曾被人大捧一場。最後不知如何時運不濟未能更為成名。有一次，因為一件案子，我自己到論壇的資料室，當了她面問海小姐。還沒問我是誰，來要什麼，她就給我用迴紋針夾著的一疊資料，都是海瑪琳的「孔雀小姐」、「家電公主」和「水果皇后」等剪報。

「你不錯，你倒還認識來這裡的路。」瑪琳說。

「那麼久沒來了嗎？」

「有那麼久沒來了。」她把手伸入我臂彎，帶我走向一張桌子說：「你忙些什麼？你那受不了的合夥人，好嗎？」

「還好，人是好人，講話令人受不了而已。」我說。

「我覺得她滿可惡的。唐諾，你不知道她。」

「不知道她什麼？」

「她極怕你會結婚。這會使你們合夥事業多了一個女性的主見。我認為……喔，這很難解釋。白莎有的地方是很愛你的。」

「也有的地方恨我恨得要死。」我說。

瑪琳點點頭，「你們兩個是絕配。我有個感覺，白莎不喜歡男人。」

「很久之前，她有次婚姻給她打擊很重。」我說。

「那是她的說詞。」瑪琳說：「我敢說她打擊婚姻很重。」

「無論如何，婚姻沒有成功。」

「那是一定的。」

「我們怎麼會談起婚姻問題來的？」我問。

「是我開的頭。」她說：「我還以為我不太明顯帶入話題呢！」

「你做得很好，我只是奇怪這不是我來的本意而已。」

「男人都這樣。一不小心就上了鉤了。」她說：「今天忙什麼？為什麼要姓蓋的資料？」

「今天很匆忙，而且要姓蓋的資料。」

她拿出給我準備好的資料，我一一細看。

立遺囑的蓋海伯有張相片，亞莫也有張相片在資料裡。都是十年之前的照片，亞莫看起來年輕有為。

遺囑條款很多，大意是說立遺囑人對於他弟弟的兒子非常喜歡，而他自己又沒有子女，所以這個侄子是他唯一的繼承人。但是他憂心他侄子年輕，又一下子得了那麼多財產，反而害他不能獨立，所以把財產交給一個信託基金，由受託人管理。

這部分遺囑是這樣的：

我把我遺產的全部全權託付給受託人。主要是避免繼承人養成亂花錢財的習慣。在繼承人三十五歲生日之前，受託人每月只可給予一般的生活費用。到了三十五足歲的時候，假如蓋亞莫尚在人世，也從未判定任何重大刑罪，信託基金全部歸蓋亞莫所有，受託人權力同時停止。

否則，假如所稱的蓋亞莫，在三十五歲以前死亡了，或是他在三十五歲生日以前，有判定犯有重大刑罪，在這種情況下，基金的一半捐給下列的立遺囑人有興趣的慈善機構，另一半可轉贈本人除了蓋亞莫之外可能尚有的親戚，或蓋亞莫的後代。

受託人普求美先生，是立遺囑人有無限信任的朋友。假如他比繼承人先死亡，就請另一位在此提名的人全權作受託人，萬一這一位亦死亡，則另有一位備用的人士。兩位備用的受託人都是律師。

我走回瑪琳的辦公室，發現她正在聽電話。有一個記者顯然在利用圖書館裡的資料，但是又不斷的在假公濟私。她一面在大笑，一面用手指在桌上畫著沒意義的圖案。

我偷偷從後面掩上去，伸出一個手指，把電話切斷。

她生氣地轉身，發現是我幹的好事，無所謂地說：「我知道你不是吃醋。一定是要什麼別的資料，又怕我講個沒完，耽誤了你的寶貴時間。」

「普求美。」我說。

她批評似地說：「你要是個紳士，至少應該否認一下吧？承認你在吃醋又如何？」

「好吧，我們再來一次。」

她作勢要揍我，站起來走進資料室，出來的時候，帶來了普求美的檔案資料。

檔案裡實在沒有什麼有用的資料。只是因為普求美可以算是一個成功的資本家，所以報館不得不有個屬於他的檔案。

普求美曾在銀行會議發表過演說，曾在消費者文教基金會發表過演講，也在大學問對抗辯論賽中當過裁判。

狗屎資料！我拿了一份他演講的內容，把資料夾交還瑪琳。

一個記者進來急著找份資料，瑪琳不得不陪著他忙。我看得出瑪琳想在我離開前把他打發走，好和我說幾句話，但是那傢伙要的資料不少。

我來到普求美的辦公室，我告訴他的秘書我為了蓋家的財產，要見他。秘書進去聯絡很久，才讓我進去見普求美。

普求美是個大個子，有雙冷靜坦白的眼神。他訓練好自己，睜大了眼睛注意地看別人講話，使別人和他的距離縮短。他說話的時候，喜歡把兩手一翻，手掌向上伸出，表示自己一點心機也沒有。

他骨架很大，已開始發福。

他用接見我是看得起我，對我施恩似的眼光看著我。我並不在意，很多大個子對我這樣只有五尺六吋高、一百三十五磅重的小個子，都是這樣看法的。

「賴——先生？」他語調好像一個玩猴戲的在叫他的猴子。

我說：「蓋家財產的信託基金是怎麼回事？」

「你為什麼有興趣呢？」

「我想知道內情。」

「你是新聞記者？」

「我是自己有興趣的。」我說：「我才從論壇報館過來。我才從資料裡看過這件事的細節。」

「那麼你從我這裡得不到更多的東西了。」

「不見得。依我的資料，蓋亞莫這個月二十五號就滿三十五歲了。到時候，基金怎樣處理呢？」

「信託基金目前沒有作變動的準備。」普求美冷冷地說。

「那麼，你不準備把錢交出來還他？」

「為什麼那麼急？條件還沒有齊備。」

「什麼條件？」

「遺囑上列的信託條件呀。據我看，蓋亞莫可能在什麼地方的牢裡。」

「假如他在牢裡，你就不準備把基金全部交還給他？」

「你不是看過遺囑裡，有關信託基金的條件嗎？」他問。

我點點頭。

「假如他在牢裡，整個基金將送給慈善機構。」普求美說：「假如你喜歡寫，建議你從酒精可以對一個人危害到什麼程度開始。我可以坦白地告訴你，蓋亞莫酗酒得厲害。他伯父蓋海伯知道，而且絕對反對。」

我說：「你每月給亞莫開支費用？」

「每月給他點錢，數目由我決定。依遺囑規定，至少三百元。只要我認為有必要，沒有限制。」

「他超過三十五歲以後，這三百還有沒有？」

「當然是沒有了。除非他能全部拿去，否則一毛也拿不到。假如基金要捐慈善機關，我仍是受託人，在三年之內要把所有地產股票變為現鈔。我也覺得遺囑寫得怪了一點，但遺囑是合法的。蓋海伯最後一分鐘還談到遺囑，而且公證不到一個月他就過世了。他臨死尚對他唯一的侄子不能放心。現在你總知道酒精對人究竟有多壞了吧。」

「大部份的遺產都是生意的股票，所以假如亞莫要接手的話，交給他就可以了，是嗎？」

「是的，但是正如你所言——假如移交給亞莫的話。相反的，假如要交給慈善機關的話，我還得在辦公室待三年，慢慢把這些股票處理掉，盡可能變為最多量的現鈔。」

「你的服務有月薪嗎？」

「我報銷開支。」

「每月多少？」

「不關你事。」

「你是怎樣付蓋亞莫錢的？每月寄張支票給他？」我問。

「當然不會，我受他伯父重託，要好好照料他。每次付錢我都叫他自己到這辦公室來。我當面付現，收取收據。」

「有多少次，你付他比三百元多一點的錢？」

「我從來不會給他超過三百元。」普求美說，「他也從來沒有爭過，要我多給他一分錢。」

「他三十五歲一過。」我問，「你會不會自己主動去找他，看他到底——」

「我當然不會。」普求美說：「我是受託人。當然應該由蓋亞莫在三十五歲生日那天，到我這裡來，證明遺產條件上的一切都已經完成了。但是，他過期未領最後一個月月支。也因為如此，即使他到時候進來說他已經準備要遺產了，我還是會有懷疑，我還得查一下呢！」

「查什麼呢？」

「我認為他過時沒來領錢是因為他身不由己。也許是進牢裡去了，所以違背了遺囑意願了。」

「假如正如你言，又如何？」

「假如他真在監獄裡，所有錢就該去慈善機構。」

「我想，你每一步細節已經和你律師研究過，是嗎？」

他的臉色轉紅。「你是什麼意思？我為什麼要和律師研究？我每年都把賬冊叫會計師拿去公證。我是被死者信任的受託人，去年法庭還特別稱讚我的會計師準備資料很充分。」

「假如你沒有找律師，想自己做自己的律師，我認為你最好請一個好一點的律師，仔細再看一看遺囑條款。」

「我不懂你的意思。」

「依據遺囑的條款。」我說，「在他三十五歲生日那一天，假如他沒有死，而且從未判定任何重要刑罪，你就付錢。」

「是的，沒有錯。」

「『重大』兩字是什麼意思？」我問。

「世界上任何刑罪都是重大的。」他油滑地說：「任何行為，會被判坐牢的都是重大的刑罪。我知道立遺囑人的心意，我自己也有同感。」

「另外還有兩個字，也許你沒有研究過。」我說。

「哪兩個字？」

「『判定』。」

普求美準備說什麼，但是突然改變主意。他停住說話，吸一口氣：「你是指……」他又停住，開始研究我的話。

「正是。」我說，「我是指即使蓋亞莫因為謀殺案坐在牢裡，即使他已被起訴，只要陪審團沒有宣佈『判定』他有罪，到了他三十五歲生日那一天，你就得把財產還給他。」

「那……」他說：「那太荒唐了……賴先生！」

「是遺囑上白紙黑字的條件。」

「這可不是死者真正的意圖。」

「遺囑的執行靠什麼的？」我假裝不知道地問：「白紙黑字逐句推敲，還是大家來猜死者的真正意圖？」

「我——賴先生，你是不是故意來設陷的？」

「不是。」我告訴他，「不需要任何人來下餌，你自己已經上了鉤。」

我走出他辦公室，讓他一個人臉上發怒，肚裡發愣。

第四章　外遇？出事？

我怕柏岱芬太太等得不耐煩，又打電話給白莎，白莎真會大叫到別人以為失火了。我雖然還有幾件事想辦，但還是先把車子開到金環公寓，乘電梯到七樓，來到七二一室。

柏岱芬是個典型純褐色髮膚的典型。黑色的頭髮雖在很暗的光線下，但仍會有發亮的光澤。眼睛是一池黑水，但在太陽光底下看得出是褐色，不是黑色。腰部很細，但曲線很好。她三十不到，可能連二十五都不到。唯一缺點是她的嘴。嘴唇太厚。但是她有好的化妝技巧，遠看型態美得像玫瑰花蕾，只是稍大而已。

她知道自己曲線好，也知道怎樣表現優點。

有的女人擺動曲線，令人看來是裝腔作勢的扭屁股。有的女人輕輕一擺動，很溫柔，有一種「到這裡來」的味道，讓你眼睛看下去，心裡像用手在撫摸一樣的舒暢。我想高級的脫衣舞妓最有這種本領。

經過專家指導過的好的脫衣舞孃，在台上連脫隻手套都有淘氣的性感。淘氣的性感用來形容柏太太十分恰當。她看看我，把眼光移開，又看看我，聲音嘶啞地說：「喔！不錯，賴先生。你的合夥人說，你會來看我。」

雖然，進去後我還站在長沙發前，她已經端莊地在另一張沙發坐定，但是她的語氣還真像我是來和她幽會的。

我盡量做出公事化，沒什麼理由地拿出一本記事本，嘴裡說道，「你先生失蹤了，你要我們幫你把他找回來？」

長睫毛下的大黑眼向我看看，突然又向下看，好像不要我看出她在想什麼似的。她說：「也有可能我不要他回來。目前，我只要知道他遇到什麼了。老實說，我的婚姻本來是為了鈔票，沒有半點感情在裡面。」

「我明白了。」我說。

「你根本一點也不明白。」她說，「你是在敷衍一下而已。事實上，我的坦白嚇了你一跳。你不習慣這樣坦白的女人，是嗎？」

「我對女人從來沒有習慣過。」我說：「她們每個都不一樣。」

她嬌羞地說：「我這個女人喜歡坦白說話。我覺得假裝和找遁詞沒什麼意思。我若喜歡什麼人，我會講。若是我不喜歡什麼人，兩句話一講，他會知道。」

「你現在對你丈夫的感覺是怎麼樣的呢？」

「這個……」她把腿交叉起來，用右手手指輕觸著膝蓋上的絲襪說：「連我自己也說不定。但是因為你們在替我工作，我要說老實話。五號的晚上，我丈夫最後被人見到的時候，載了一個金髮碧眼的搭便車客。我丈夫這次出差，每天晚上都打電話和我聯絡，直到那不要臉的女人出現後，就石沉大海了。」

「我要是完全明瞭實況，對處理這件事會有幫助的。」

「我先生是個推銷員。」她說：「他是個成功的推銷員。但是賴先生，說實話，我們沒有積下太多的錢。假如我打官司想離婚的話，財產一分連打官司的費用都不夠付。相反的，要是不談離婚的話，我丈夫每個月收入很多，他自己花費不少，我也一直很能幫他來花。」

我點點頭，打開記事本。拿出一支筆，裝個要記重點的樣子。經驗告訴我，這一招對某些我們希望他說話的人，是有用處的。

她說：「如我要和他離婚，我會要贍養費。我想節省點時間，講透徹一點，所謂捉姦捉雙，我要你在他行動的時候逮住他。我要的是真憑實據。我要他沒有話講。」

「柏太太。可能你跑錯人家了。我們這個偵探社，從不辦離婚案件。」

「這不是一件離婚案。」她說：「這是一件要調查的案子。是有差別的，我在電話上曾經和柯太太解釋過，她同意接下我這件案子。她自己說她管接案子，我認為你們已經接下這案子了。

「再說，我不相信我丈夫是因為泡妞而失蹤了。我認為發生了什麼意外了。我丈夫從沒有出去那麼久未和我聯絡過。即使他和那金頭髮真要好，也不至於那麼好。

「你要知道我丈夫比我大十歲。所以除非是對方真的漂亮，馬錯不會在意的。

「馬錯只要出去了一個禮拜，他會急著回家的。但這一次他出去了十天了。」

我說：「會不會正好他在一種情緒——任何女的都是好的？」

「讓我們實際一些，賴先生。我們都不是小孩了。我們應該面對現實。這一次他真的想早些回家，急於回來。他從卡文鎮給我寄了張明信片回來，同時也打了個電話給我。此後他在中溪河又打個電話給我。再之後，因為他在半路爆胎了，他叫那金髮搭便車客自羅密里打電話給我。」

「都是在五號當天嗎？」

「是的，都是在五號當天。」她說：「不過，那金髮的打電話嚴格說起來已是六號的早上。

「先是我丈夫從卡文鎮打電話給我。那個時候，他認為當夜他會駕車到雷諾，第二天去和一個人會面。他也從卡文鎮寄了張明信片給我。電話中他告訴我他已經開了大半夜車。他說有一個人想搭便車，可能他會和他輪流開車。」

「卡文鎮離這裡多遠？」我問。

「大概二百四十英哩。他告訴我一路上釣魚人很多，他形容車子猶如蝙蝠出洞。」

「當然他希望能避開這些人的車流。」我說。

「大概吧。」

「明信片還在嗎？」

「當然。」

「你有你丈夫的近照嗎？」

「有。否則我請什麼私家偵探。我知道你們工作非常能幹，但總不能從帽子裡變出兔子來，是嗎？」

「我能看一下明信片嗎？」我問。

「當然。」她說，「我準備好在這裡。這是從卡文鎮來的。」

我在想蓋亞莫從卡文鎮寄回給鄧仙蒂媽媽鄧依玲的明信片。

我問：「你丈夫常會寄明信片回來嗎？」

「從沒有過。」她說：「我丈夫不喜歡別人看他生意上的信。他不在家時要和我聯絡也不寫信，都用電話。」

「他從卡文鎮給你電話了？」

「之後他從中溪河。」

「懂了。明信片是從卡文鎮寄出的？」我問。

「是的。」

「為什麼他打了電話，又要再寄明信片？」

「他先寄明信片，然後又向前走了二十里，才決定打電話給我。」

「他寄明信片給你的時候，應該知道他人會比明信片先到家。」

「不是的。他寄了明信片，第一次打電話給我的時候，他是想當晚去雷諾見一個客戶。但他寄了明信片打了電話給我後，立即打電話到雷諾，發現他要見的人病了。

「所以他才決定回家算了，這也是他第二次要從中溪河再打電話告訴我的原因。」

「但是你說過，他不太利用明信片和你通訊。」

「從沒有過。」

「這一次為什麼例外呢？」

「神經發作吧。」她說：「在電話裡他提起過明信片的事。他說卡文鎮這個加油站在試一個新的宣傳方法，他們免費提供貼好郵票的明信片。任何經過的人免費，寫上地址即可投郵。當然，明信片正面印有加油站的廣告，和當地一點廣告。」

「請讓我看一下。」我說。

她交給我一張印得很好的明信片。

明信片正面是一個整潔的加油站。招牌照得很清楚：「客來車服中心」。下面印著一行小字。寫著：「客來車服中心——進入本州各漁獵地區的大門。」反面寫地址、貼郵票，預留極小一片空白給客人寫幾個字。在底上，也密密地印一行小字：

客來車服中心位於本州最好漁獵區入口卡文鎮。本中心定時與本地區各單位聯絡，隨時提供旅遊者最新資料。本中心設有絕對整潔的公共盥洗室，備有香菸、糖果、飲料販賣機。漁獵遊客勿忘進入本區前，先來客來車服務中心。

柏馬鍇在空白欄寫著：

芬：去雷諾途中，念甚。有一搭車客看似好人。路上不會寂寞了。勿念。

下面簽名簽了個「G」。

「G？」我問。

「喔，G就是馬鍇的鍇，朋友叫他小鍇，也有叫他小G的。」

「過不多久，他又從中溪河打電話給你，是嗎？」

「是的，半小時之後。差不多快到午夜十二點了。聲音完全正常。就像正常的他。只是很高興，可以早兩天返家。」

「電話裡他說些什麼？」

「說他取消雷諾之行，直接要回家了。他也用了些隱語，只有我們兩個知道，別人聽不懂的。」

我問：「這次電話，可以說是你們兩人的正常聯絡，是嗎？」

「他出門旅行時的正常聯絡，是的。」她說：「他出門時經常喜歡打長途電話回家，說是喜歡聽我聲音。然後用幾個特別隱語，別人不懂的，但對我們有特別意義。」

「能告訴我嗎？」我問。

她看向我眼睛說：「破解我們密語，對這件事有關嗎？」

「我不要破解你們密語。」我說：「我只是瞭解一下，以後可以知道有沒有人在偷聽你們說話。」

「我想沒有這個必要。」她說：「我知道講電話的確是他自己，而且他心情很好，一切正常。」

「好的，之後又發生什麼？」

「我問他，搭便車的人好不好。他大笑說：『親愛的，我有兩個搭便車的人。男的一個我在卡文鎮讓他搭上車的，我想他是個好人沒有錯。只是他喝了酒了。但是快要進中溪河的時候，我又讓一個真正漂亮的金髮上了車。』」

「一個女人？」我問。

「一個年輕、女的金髮搭便車客，這是他形容給我聽的。馬錯大笑著對我說：『親愛的，我打電話給你，是要告訴你，我把她放在後座。我相信這一招大出她意外。她沒有受過那樣冷落待遇的。』我就告訴馬錯，要把她繼續留在後座。另一件重要事是自己不要到後座去。他告訴我要我放心，他正一路直奔回家。」

「你有沒有問他，為什麼要讓金髮美女搭便車？」我問。

她搖搖頭：「當然不必問，男人都會樂於讓她搭車的。那時已經快到午夜了。明顯的，這個曲線很美的女人，一個人伸出一個大拇指在公路上要搭便車。說不定一隻右腿還稍彎地故意踩在一塊石塊上。我的馬鍇絕不會絕塵而去不理會的。他不是那一型的——假如他是那一型，也釣不到我了。」

「之後呢？」我問。

「我脫去衣服上床，睡得很甜，睡了四個小時。起床等他。」

「到五點鐘的時候，電話鈴響了。我接電話，長途電話小姐說：『是不是柏馬鍇太太？』我說是的。她說：『等一下加州羅密里有人打長途電話給你。』然後一個女人的聲音說：『柏太太嗎？』我說是的。她說：『我答允柏先生一定打電話給你。柏先生在路上爆胎了，在換輪胎的時候發現備胎也沒有氣。我搭了另一輛便車先走了。我答允他給你電話讓你知道。他現在留在車裡。我會叫輛拖吊車去拖他回來的。他大概在十哩之外。』」

我問：「之後呢？」

「之後。」她說，「她把電話掛了，根本沒有等我說話——當時我就覺得這件事怪怪的，她的電話和發生的一切。」

「總機小姐沒有告訴你，電話是哪裡來的？」我問。

「有的，羅密里。我從地圖上去看羅密里，距中溪河六十哩。」

「說下去。」我說。

「想想看，賴先生。假如他距羅密里十哩爆的胎。他就變成花五個小時只走五十哩。從我聽到他自己打電話給我時的『中氣十足』，五十哩用五小時，走路也可以走到了。

「再說，第二天我遍查羅密里每家修車廠。沒有一家曾經在這個時候，有人請他們去公路上拖過一輛這種車。當晚最後一次，有一家修車廠派出拖車是清晨三點鐘。另一家是二點四十五分。這二個地方我都查過，都不是我丈夫的車子。」

「說下去。」我說。

「我一開始在腦子中出現的是又生氣又失望的丈夫面孔。他在公路上爆胎，發現備胎也沒有氣了，他被困在那裡等候拖車。當然他不會願意讓搭便車的留在車裡，自己去叫救兵。也許男的便車客在這種時間想幫忙也沒有用。當然我先生會建議女的便車客重施故技，隨便攔輛車到最近的修理廠救助。」

我點點頭。

「但是，這個推理和事實相差了五個小時。」

「也許路上車不多，她花了不少時間才又搭上輛車。」

「也許，但是這年頭路上車子不會少。見到美女想搭便車，不理的人又不會多。我丈夫不是說過，一路去釣魚的車太多了嗎？」

「據我看。」我說，「這種鬼時間在路上出現這樣一個漂亮小姐要搭便車總是怪怪的。很多開車的不願找這個麻煩。有很多次強盜搶劫都是用美女來做餌的。男人只要有一個停車，邊上就竄出兩個帶槍的男的來。」

「是的，這也是事實。」她同意：「這雖然解釋了電話遲來五小時的原因，但不能解釋為什麼我丈夫一個星期來都沒有消息。」

「你有走出去調查？」我問。

「我沒有。」她說：「我坐在這裡用電話，差點把耳朵都壓扁了。我問公路警察，請他們詳查中溪河到貝格斐之間所有的車禍。但是沒有車禍報告，沒有翻車、沒有撞車。所以我最後自己有了結論。老實說，他這樣耍花招，在外面玩，這又不是第一次，我也不是太在意了。」

我把眉毛抬起看看她。

「賴先生，推銷員是一種很奇怪的人。」她繼續說下去：「沒有出差，不常開很多長途車的推銷員，一毛不值。一個推銷員……我用你的職業來譬喻，我敢說有一半以上的女人，你去看她們的時候，她們會主動投懷送抱。」

「你估計的百分比太高了，柏太太。」我說。

她用喉音哈哈大笑說：「我以為你會說我的百分比估計得太低呢！」

「你和柯太太把一切條件談妥了？」我問。

「當然。」她說：「柯太太定的價格。我想她太貪了一點，賴先生，而且她很小心。她要我用限時專送把現鈔送到才算接下我這件案子。我為了這件事跑了幾次銀行，拿了現鈔用限時專送寄給她。」

「從你和你丈夫共同的帳戶？」

她點點頭。

「假如。」我說，「另一個男的搭便車客搶了他的車，綁了他的人，開到一個荒僻的地方，在他頭上打一下，把他拋出車去，又如何？」

「我就成了寡婦。」

我向她看去，她根本不在乎我看她。

「不錯，這樣你就成了寡婦。」我說。

「我想柯太太已經和你談起過，這裡還涉及一筆七萬五千元的人壽保險，在意外死亡時是加倍給付的。」她說。

「假如他死了，你要清楚的找到資料，可以領保險？」

「當然。」

「假如他沒有死？」

「我就要贍養費。」

「把他樣子形容給我聽。」我說。

「我試試看。」她說：「他有很深的鬈髮，藍眼，五呎十一吋高。一百七十五磅。」

「幾歲？」

她猶豫了一下：「我告訴過你，他比我大十歲。」

「那是幾歲？」我問。

她說：「和自己的偵探說話，可不可以有點保密的？」

「你向我說的話法律上規定任何情況都不必講出來的。」我說：「幾歲？」

「他三十六歲。」

「什麼樣子的車？應該是外型雖不像樣，機器還忠心工作的——？」

「不，不對。」她中斷我的話：「馬錯哪是這種人！他一切都要最好的。他開的是今年的『路來賽』，裝備齊全，可調節座椅、自動天線、冷氣、音響——一切都有。」

「你知道牌照號碼嗎？」

「當然，ＮＥＦ八〇一號。」

「你說有他照片？」

「現成的有兩張。」

她拿出兩張生活照，其中一張有三個人。她說：「右邊那一個是我丈夫。」

我仔細看那張照片。照片照得很清楚。

我伸手向她要另外一張照片。

「我不知道——我能不能把一半照片遮起來，只給你看另外一半？」她說。

「你可以試試看。」

她用手遮住照片一半。我能見到的一半是我在另一張照片上見到的人，站在海灘旁邊，穿了條游泳褲，身材很好，腰也沒有肥肉。他胸部有毛，吸氣縮腰，把肩部收後，胸部挺出，神氣地照了個相。

「這張照片比較合用。」我說：「這是一張海邊雲層很高的白天所照的相片，所以沒有強烈的陰影，人看得很清楚。」

「你怎麼知道照相的時候，是什麼天氣？」

「喔！幹我們這一行，什麼都要知道一點。」我說：「有了照相的常識，一眼看向照片就可以知道很多事。譬如，這張照是有霧情況下，在相當晚的時候，用百分之一秒時間，F十六，快速底片拍的。」

她張大了眼睛問：「你怎麼能看得出來的呢？」

「容易。」我說，「照片主題很清楚，遠近距離的景物也清楚。當然用的是小光圈。照相機和人物距離大概十二呎，但遠景明顯仍在焦距內。再說底片不是三十五毫米的，是用方匣子照相機拍的，用的底片是二點五乘二點五吋，多半還是兩個鏡頭，否則不可能那麼清楚。照片裡的全景稍稍軟了一點，是拍照的人按快門時移動了一些，假如用的是二百五十分之一秒，移動一下下無所謂，不會看得出。所以我想是百分之一秒。」

「這是我表弟照的相，他是個攝影迷，有一隻兩個大眼睛的方型照相機，正像你說的一樣。我記得他用一個曝光錶，說是要F十六，百分之一秒。」

我點點頭。

「我覺得你真行，能知道那麼多。」

「我希望你能把這張照片借給我。」我說。

「喔！但是不行呀。」

「為什麼不行？」

「我也在照片裡。」

「別傻了。」我一面說，一面把她手移開。

她假意地掙扎了一下。

照片裡她穿了件比基尼，真是一等身材。

「不好意思。」她說，「我們是照著玩的。」

「我看沒什麼不好意思呀。」我說。

「我覺得太暴露了。」她煽煽睫毛說。

我湊向前，再瞪了眼睛看這張照片。

「賴先生。」她有趣地說，「我要你找的是我的丈夫，不是我……我在這裡，就在你邊上。」

她湊向我，好像要拿回照片，襯衣的花邊壓到我臉上，「真的，我不應該把這張照片給你的。」

「別扯了。我出去辦事要這張照片。你可以把你那一半剪下來。但是你丈夫那一半我要帶走。」

「好吧。」她想了一想：「我不想把照片這樣剪開。你……答應我不要亂給別人看，好嗎？」

「我會很小心，很小心。」我說。

「我只好相信你了。」

「老實說，你沒有什麼羞於見人的。」我告訴她。

她神經質地笑著說：「有什麼羞於見人的話，這上面是一目瞭然的。你看這件比基尼是自己做的，幾乎是透明的。」

她用手指指著照片上各個部位。

我點點頭，把照片放入口袋。

「好吧。」我說，「交給我去忙吧。」

她好像還不想送我離開。她說：「柯白莎告訴我，你不是一般吃私家偵探飯那種亂長肌肉的人，但是她說你是非常有腦子的。」

「白莎推銷我的時候，總是言過其實。」我說：「白莎是個很好的推銷員。」

柏岱芬嘲弄地看看我說，「那麼是百分之七十五囉？」

「什麼百分之七十五？」

「自動向你投懷送抱的。」

「估計太高，太高了。」我說。

她做作地說：「我懂得她們為什麼會這樣做，你——你有點叫人……你使人對你有信心，賴先生。」

「謝謝你。」我裝出一本正經生意眼地說。

「而且，你能引起別人的興趣。」

「你想知道自己到底是被有外遇丈夫遺棄的太太，還是個有錢的寡婦。我最好早點出動，使你早點知道。」

「也不必那麼匆忙的，是嗎？」

「我的時間是匆忙的。」我一面開門，一面告訴她。

第五章　鬼也不信的故事

我幹私家偵探這一行已經夠久了，純係巧合的事，我早已不太相信了。

但是，兩個人在同一天失蹤，兩個人都從卡文鎮同一個加油站寄明信片給家人及親戚，然後兩個人的家屬及親戚都到同一個私家偵探社請求調查，這就更是太巧合了。

我整了一箱行裝，把箱子放進公司車，開車向卡文鎮出發。

這是相當長途的駕駛，洛杉磯一百一十哩到貝格斐，又還有一百哩多一點蜿蜒彎曲的山路在前面。我從很熱的山谷沿著彎曲的坡路蜿蜒而上，聽到山澗大量流水的聲音經過長滿原始森林的高原台地，通過山裡的峽谷，從山的另一側一路下降，直到到達卡文鎮為止。

到達的時候，已經是晚上八點半了。

卡文鎮的一邊是多木的斜坡，直上高山峻嶺。這些高山連夏天都是白雪蓋頂，終年不化的。

另一邊及向東的一側，地勢向下入山腳，在濕季草綠葉茂。到了夏季被烤得葉枯枝硬一片黃色。在這裡還能見到生氣蓬勃的橡樹。再下去就是一片不毛之地，而後是夏日酷熱的沙漠了。

卡文鎮在地理上有這些特點，就刻意發展休閒活動吸引大批外來遊客。春夏的時候可以釣魚，秋天打獵，而冬天就滑雪。

卡文鎮附近，多的是汽車旅館，各種各樣霓紅燈廣告、運動器材行、飯店和加油站。

我毫無困難就找到了「客來車服中心」。

「我要找本月五號在這裡值班的人。」我說。

「什麼時間？」男人問。

「晚上。」

「我黃昏六點，到清晨一點在這裡。」

「你們二十四小時工作？」

「每年這個時候，是的。」

「老闆呢，他工作不工作？」

「白天，也不是值班——他管理這地方。」

「我看到過從這裡寄出去的明信片。」我說。

「沒有錯。」他告訴我：「我們平均每天送出去三百張。」

「那麼多？」

「只是平均數。有的時候我們散出去，一次一千張。」

「這些都是免費送的？」

「是的。」

「郵票也免費的？」

「是的。」

「怎麼送得起呢？」

「怎麼送不起！這是世界上最便宜的廣告方法。人不會為明信片停在我們門前，他們是來加油的。你看那一頭和我們搶生意的，送積分換獎品票。另外一頭的，送另一家公司的換獎票。我們開始也想送換獎票，但是都覺得不理想。最後想出這個辦法，我們為什麼不送他們一些立即可用，又可帶來更多生意的東西。

「這些明信片，幾萬張幾萬張的印。我們貼上郵票。來這裡度假的人，禁不住這種引誘，寄幾張明信片回家給家屬和朋友。不一定為省錢，主要是為省力。連郵票都貼好了，只要寫上地址就可以，連郵筒就在手邊。」

他帶我看一個帶鎖的自製郵筒，前面是透明的玻璃。「你自己看。」他說。

雖然箱子很大，但是裝滿了半箱的待寄明信片。

「你懂得了吧？」他說：「來這裡的人，代我們拉將來的客人來。收到明信片的人，記住我們的名字。他自己來的時候，開車經過那些送換獎票的加油站，直接到這裡來，他們知道這裡有免費又方便的明信片，而且可以知道漁獵消息。」

「你現在一個人？」

「當然不是。我現在值班。外面超過兩輛車的時候，我就出去。你看，外面那小子忙得過來時，我不必出去。」

他指指外面的年輕人，他穿著白色工作裝在擦車子的擋風玻璃。

「我姓賴。」我說。

「任。」他告訴我，把手伸出來，「你對五號晚上要知道什麼？」

我說：「你是共濟兄弟嗎？」

「我當然是，兄弟。我叫任蘭可。你從哪裡來？」

「凡多拉，四十五分會。」我告訴他。

他告訴我他所屬分會的號碼。我們握手。

我說：「不知你還記不記得，一個兄弟，五號晚上，在這附近晃，想搭便車……」

「我記得他。」姓任的說。

「他後來怎麼樣？你記得嗎？」

「要是你真想知道，有權知道，我就告訴你。」他說。

我說：「我是個私家偵探。我在查看這個人發生什麼事了。」

「我告訴你。」他說：「這傢伙與眾不同。他說話像個紳士，但看得出來他才自爛醉中醒回來。他沒有刮鬍子，一身睡皺的衣服。但是，這傢伙有些不對勁。

「反正他突然出現，用了我們的盥洗間，開始閒逛。我們不喜歡有人做這種事。要知道客人來加油，有人面對面要求搭一段便車，拉不下臉來拒絕。但是駕車的可能不想帶便車客——我自己就不願半夜讓一個不認識的人上車。在公路上有人招手你可以不停，但是在加油站裡，面對面往往難以拒絕。

「所以每次有人在這裡閒逛要搭便車，我們都婉言把他們勸走。他們不聽勸阻的時候，我們會打電話給警察局，一般不到兩分鐘巡邏車便會過來，警察不會說是我們招來的，但他們會找到這個人，查他身分，勸他去乘長途巴士或治他遊蕩罪。

「這一手最有用，至少強迫他向前走兩哩路，開始在公路上翹大拇指請求搭便車。這才是公定的搭便車正途。本來他就該如此做，不該到加油站來的。」

「但是，你說這個人與眾不同？」我問。

「他與眾不同。」他說：「他是個兄弟。他向我表明是共濟兄弟，而且告訴我一個奇怪的故事。他說他是有週期性酒癮的人，不是個酒蟲。他說他會一兩個禮拜完全不喝酒，但是突然酒癮發作，非出去豪飲不可。他說他把所有錢都喝掉之後，會留下來一兩天，看看這些新交的酒友會不會還敬一點酒給他喝。但是只要山窮水盡沒有酒喝了，他的酒癮也就沒啦。送酒給他喝也沒胃口，酒精對他就一點意思也沒有了。他就急著回家，換衣服，洗澡，做個正經人；他清醒的時候會覺得酒精沒意思，一生再也不喝了。」

「你相信他？」我問。

「我相信了。」

「他要什麼？」

「他一毛錢也沒有了。他想要搭便車，他並不在乎車子是去哪裡的，最好是洛杉磯。只要立即走，哪裡都可以。」

「你怎麼辦？」

「告訴你，」姓任的說，「我老闆要是知道我這麼做，他會開除我的。我告訴那傢伙，他不能在這裡想辦法搭便車，但是，我要看到合適的人，我會代問一下願不願意帶個客人。

「老實說，我絕未想代他遊說任何人讓他搭便車。我只是在想有的人開著破舊不堪的小貨車，也許想找個人一路聊聊。

「過不到十分鐘，一輛小貨車進來，我問他想不想搭客人，請他老實說，不必勉強。他說不要，他一路已經看到太多的便車客，他都沒停車。」

「之後呢？」我又問。

「又十分鐘後，另外一個人開輛車進來。車子看來像百萬輛車，真是車子當中的精品，就這樣他突然發問。」

「問你什麼？」

「問我……其實他也沒有問，只是告訴我他開了很久車，前面還有很長的路要開，他不願一路開一路和瞌睡蟲打架，他說他想找一個搭便車的人替他開車。」

「他怎麼會突然和你提起這些的？」我問。

「老實說可能是因為他看到這個人縮在後面，正好躲在亮光的邊緣。」

「你怎麼辦？」

「我告訴他，有一個人在這裡等了半小時，希望搭便車，我來看看，是否仍在附近。我說假如他真心要找人來開車，我可以替他找一我。他說他是真心的，他說是去雷諾。」

「你不見得會記得這位兄弟的姓名吧？」

「記不得。他過來，把他共濟會員證給我看看，說出自己分會，我們就握手。那時我還不知道他要什麼，心想也許是打秋風。我下定決心，要是他說出口來，我就告訴他，全美有一千多萬共濟會員，憑我的收入，不能叫太太孩子餓肚子，自己去和他們共濟。」

「之後呢？」

「之後那個開好車的人說，他要看一下那個人再決定要不要冒這個險。我告訴他我來找找看——我故意向不同方向磨菇一下，而後走到陰影裡的他面前。叫他自己過去和開車的談。我想開好車的人一定對他印象不壞，因為他讓他上車，車子開走了。」

「後來開車的，當然也沒告訴你，他叫什麼名字囉？」

他向我笑笑：「不要以為我笨，事情進行中我也怕萬一人心隔肚皮，出點事可不太好。後來的開著『路來賽』非常漂亮，穿得也好——我抄下他牌照號了。」

「抄下的還在嗎？」

「賴，你查三查四，是不是真出事了？」

我看看他眼睛說：「我也不知道。也許有事，也許沒有。但是知情不說只能壞事，不會有利。」

「對誰不會有利？」

「對你自己。」

他想了一下說：「拜託你一件事，除非必要，不要說出消息來源。我想置身事外。」

「我當然不會拿來廣播，這一點請你放心。」

「到底怎麼啦？」他問：「那傢伙不是好人？搶錢了？」

「我想不是的。」我說：「但是不知道，目前只是想請他做證人。」

「他做錯了什麼？」

「可能沒做錯什麼。」

「你不太提供消息。」他說。

「任兄弟，我是個偵探。我是找消息而不是傳播消息的。你想要知道新聞，該讀報紙、收音機或電視。」

「但是，你老問我問題，占我便宜。」

「我找你就是為你知道的消息，這消息你是一定要說出來的。有人吃敬酒，有人吃罰酒。你現在自己說出來，我不必請警方去問你老闆。你現在不說，這裡的報紙明早也會登出來。」

「那傢伙幹什麼了？」

「也許什麼沒幹。不騙你，我的興趣是開『路來賽』的人。」

「你怎麼知道他曾在這裡停車？」

我指指他們那個放一大堆明信片任人取拿的架子，架子上面一塊子寫著：「已貼郵票的紀念品，隨意取用。」

這使他感覺上好了一點。他說：「好吧，我來看看找不找得到記車號的紙。我曾保留了好幾天，好像怕會出事似的。過了不少天我準備拋掉的，但我知道我沒拋掉，我想是在收銀機裡。」

他帶我走過去，在收銀機上按那個「無交易」的鈕，打開現金抽屜，在一個好多收據紙條的格子裡翻著說：「抱歉，不在這裡。賴先生，我以為——喔，有了，在這裡。」

他拿出一張紙條，上面有字寫著：「路來賽，最新型，NFE八〇一。」

「這是你的筆跡？」我問。

他點點頭。

我對他說：「在這裡寫上你寫這張紙的日子。是五號。」

他點點頭，把日子寫上。

「現在。」我說，「在這裡寫上今天日子和你的簽字。」

他照我告訴他的做了，我把紙條夾進我的記事本。

「假如這是證據。」他說，「我不應該交給你呀。」

「也不算什麼證據。」我告訴他，「我拿著好了——再看到這兩個人你會認識嗎？」

「你是指開車的和那搭車的？」

我點點頭。

「有可能。」他說：「在『路來賽』裡的人有張信用卡——我們所有信用卡都通用，我忘了他是哪家的信用卡。但是你若認為重要的話，倒查回去一定查得到的。」

「我認為是重要的。」

「你不肯告訴我發生什麼了？」他問。

「據我知道，確實還沒有發生什麼。」

「但你為什麼調查呢？」

「因為有一位客戶要我調查。」

「你的客戶想知道什麼呢？」

「所有我能查到的一切。」

他笑笑。就在這個時候兩輛車幾乎同時進來，加油機前又已經有一輛車在。姓任的說：「賴，抱歉要停一下。我會幫你忙，但我先要出去做靠它吃飯的工作。」

他走向加油機，我走向送人的明信片，拿起一張，寫上地址，寄給在辦公室的柯白莎。

在空白處我寫道：

玩得蠻愉快，真希望你也在這裡。實際上這次你該來的。白莎，這裡加油站真與眾不同。明信片是貼好郵票免費贈送的，多少都送。聖誕節來玩吧！

三輛正在加油和接受服務，汽車裡的旅客都下了車在到處亂逛。有一個走進有冷氣設備的公共電話亭去打電話，有一些人看到明信片不要錢，在忙著寄明信片。

我在想這裡老闆要花多少錢——當然廣告也替他賺錢。剛才我談一會話的時間，就來了六、七輛車。相反的，他指的另一家競爭加油站似乎只有一輛車進入。我相當睏了，但我還有工作要做。我爬上車，開到一間二十四小時營業的餐廳，喝了兩大杯黑咖啡，又上路了。

中溪河距卡文鎮二十里。擺開在公路上的房子少得可憐。一家雜貨店、一個馬房樣的房子漆著「修車」二字，兩個加油站，和一家小咖啡餐廳。

餐廳裡有電話亭，我走進去要了咖啡和三明治。

接待我的女孩是個金髮女郎，很美，曲線也好。

「我在找一個男人，他五號晚上在這裡用過電話。」我說：「你五號晚上在不在這裡？」

她笑著搖搖頭：「我怕沒辦法幫你忙，先生。」

「你記不起這個人？」我問。

「我是六號早上才到這裡來的。也是六號開始在這裡工作的。」

「六號之前在這裡工作的小姐呢？」我問。

「沒什麼，」她笑笑說，「我要來，她就走了。」

「謝了。」我告訴她。

我慢慢在腦子裡推想五號晚上的情況，柏馬諧在卡文鎮「客來車服中心」替他車子加滿了油。卡文鎮也有不少好餐廳。

然後他開車來中溪河，又停下了。

這家餐廳是中溪河唯一設在公路旁的餐廳，不見得有聞香下馬的誘惑。這裡離卡文鎮不過二十哩。真正的上坡路還未開始。從卡文鎮過來二十分鐘、二十三分鐘就夠，二十七或二十八分鐘就算是開慢的了。

柏馬諧才經過卡文鎮和好的餐廳不到半小時，又進這個餐廳。

理由似乎很明顯，柏馬諧一出了卡文鎮，又停車給一個金髮美女搭車，這樣他就有了兩個便車客。兩個便車客中有一個餓了，他停車在這個餐廳，給他們弄點東西吃。他自己並不餓，否則他在卡文鎮就找地方吃了。

所以，當兩個便車客在這個中溪河的小餐廳裡吃三明治、喝咖啡的時候，柏馬諧決定打電話給他太太，告訴她雷諾之行取消了，他要回家了。

有一件事很明顯，柏馬諧是真心急於立即回家，他不想在半路有任何耽擱。他的兩個便車客恐怕只能抓點三明治或甜甜圈，喝了咖啡就上路。

到目前為止，一切尚順利。

五號晚上在這裡工作的女侍，一定會記得這三個人的。一個穿著講究；一個不修邊幅，急需刮鬍刀；另外一個是金髮碧眼，要什麼有什麼。穿著講究的人在其他兩人吃東西的時候，去電話亭打電話。而且，很可能女侍會聽到一些他們的對話。

「哪裡可以找到你來之前，在這裡服務的小姐？」我問。

女侍搖搖頭。

「老闆是哪一位？」我問。

「任珊珊。」

「小姐還是太太？」

「太太。」

「和卡文鎮『客來車服中心』工作的任蘭可，有關係嗎？」

「珊珊是他太太。她經營這家餐廳，也是前面雜貨店的老闆。任先生在卡文鎮『客來車服中心』工作。」

「我哪裡能見到任太太？」

「她在洛杉磯什麼地方。在採購。」

「你來上班的時候，見到你接替的小姐嗎——你的前任？」

「沒有，我來的時候，她已經走了。我正好單身一個，任太太在招呼客人。她說動我留下幫忙，至少暫時留下幫忙。」

「什麼人管廚房？」我問。

「老伯！」她大叫道。

一個滿臉皺紋、乾枯的男人，戴了一頂髒兮兮的大廚帽，自隔間後伸出一個頭來。

「嗯？」他問。

「客人在問，什麼人管廚房。」女侍說。

「我在管。」老伯說。走過來問：「有什麼貴幹嗎？」

「想知道什麼人在管廚房。」我告訴他。

「你現在知道了。」他說，回身向廚房走去。

「老伯，請回來。」我說道，「這裡有兩塊錢給你，來吧！」

我拿出兩張一元的鈔票。

他把頭轉回，笑一下露出一口黃牙，伸手來拿錢。

我感覺到他可能坐過牢，在牢裡學到的大鍋飯烹飪。

「這個月五號誰在這裡主廚？」

「我。」

「記不記得一個有錢人，帶了兩個便車客，一個是金髮美女，一個邋遢一點。

他們都很匆忙？」

「當然，我記得是穿好衣服的男人在催他們。他們叫兩份火腿蛋，他終於同意等，但催我要快。那大亨去電話亭打電話。他一直在催快，所以我記得他。他逼得他那兩個朋友狼吞虎嚥。

「你還想知道什麼？兩塊錢有沒有值回票價？」

我又給了他另外兩元，給了女侍一元。「記住你向我說了什麼，」我向老伯說，「可能還會賺更多的錢。你記得那女人嗎？」

「沒有機會好好看一眼。」老伯說著，回憶地笑笑說：「他們催著我做火腿蛋，之後我本可看到她時，那男的又吸引了我太多注意力。男的就站在你這個地方，兩個人在桌上吃東西，女的背對著我。」

我謝了他們兩個人，走出餐廳。

羅密里地勢高，在山裡。離中溪河是另外六十哩彎路。路是硬路面，但是我很慢地開著。凡是車燈照到的地方我都仔細看，希望看看有沒有什麼線索。

我一路只看到空的啤酒罐和塑膠瓶。

羅密里是個相當大的小鎮。早睡早起。天黑不久連人行道也休息入睡了。公路附近有兩家修車廠。每家都已關門。門口各設一鈴，是晚上的「急診鈴」。

我先選靠鎮東的一家修車廠按鈴。按了三次鈴，花了五分鐘時間，門終於開了。

一個二十七歲，鬈的金髮，睡腫的藍眼，只穿內衣褲的青年男人，一面開門，一面跳著一隻腳要穿上牛仔褲。「什麼事？」他睡意很濃地問。

「我想和你談談。」我說。

「談談！」他叫道：「你的車在哪裡？」

「門外。」

「有什麼毛病？」

「沒有。」

「你搞什麼？」

我從褲後口袋拿出半品脫的威士忌來。

他看看瓶子，瓶蓋還是封著的，一陣微笑自他臉上升起。「這還差不多。」他說：「進來吧。」

他帶我到車廠一角，用木板隔開的小房間，他的窄床就在這裡面。

床上沒有床單，毛毯顯然已用了太久了。枕頭上有塊枕巾，距離上次洗滌已很久了。

床後牆上貼了不少剪貼女郎的相片。有的是以性感為宣傳女星的照片，但更多是花花公子雜誌和閣樓雜誌上剪下來的大型剪貼女郎，其中也有兩張全裸不太能公開展示的。

他坐在窄床床沿上，把那瓶威士忌塞進骯髒的枕頭底下。

我問他五號晚上，或是六號清晨，有沒有一個金髮碧眼的女郎來請求拖車。

他誇張地猛搖他頭。「有個女的已經打電話來問過這裡。」他說：「她打電話問老闆，老闆把我叫去回答她。我告訴她，沒有她形容的待修車。」

我看看他，我知道要他忘記曾經有金髮美女來叫修車的機會，是絕對不可能的。

我和他握握手，離開修車廠。

另一個修車廠也有個夜間鈴，由一個三十五歲左右的男人在照料。他不友善，他接受了那瓶酒，但是敵意未消。

「你是條子？」他問。

「調查員。」我告訴他。

「了不起！」他說。

我不理他的諷刺，逕自問他五號晚上的事。

他也搖搖頭。「什麼意思這個時候，把我從床上叫起來，為的是問我這件事？」他抗議地說：「我早已告訴過老闆我知道的一切。根本沒有人來請求拖車。根本沒有什麼女人。你聽懂了嗎？什麼女人也沒有，你滾吧。」

我再試最後一個問題：「假如有的話，你確信自己不會想不起來，是嗎？」

「當然我不會忘記。」他說：「一個被人拋棄在無人荒島的男人，會不會忘記看到脫衣舞皇后到海灘上來洗澡——別傻了！再說，我每一次出勤都已紀錄。每次晚上有人打電話或叫鈴，我都登記。老闆是個電腦迷，每次有人拿起電話就自動錄音。大門一開就有個記號，我要寫下原因。

「有人按鈴，我要是不回答的話，電腦會記下無人應。開門超過五分鐘，電腦都會打小報告。倒楣碰到這種電腦老闆！現在你可以滾了吧，條子。」

「我不是警察。」我說。

「反正一票貨。」他說著，把門碰上，半品脫威士忌也被帶了進去。

這一家也不像，電腦是不會騙人的。

這裡只有兩家，不是這家就該是那一家。

一個成熟的金髮女郎，半夜來敲一家修車廠的門，睡眼惺忪的年輕工人，蹣跚來應門，一面還在拉上他的牛仔褲……會發生什麼事？

有一件事是事實，不論這裡發生了什麼事，公路上的柏先生反正沒有得到想像中的協助，他留在公路上等著。

這意謂著，他後來把輪胎問題解決了，才離開公路。可能性是他的備胎根本沒有破，只是氣漏光了。有什麼車經過的時候，好心停下來幫忙，用帶在車上的幫浦給他備胎充氣，柏馬鍇換上備胎繼續上路。

假如是這樣的話，他一定是直接通過羅密里，有可能男的搭便車客仍在車上，女的便車客也許還在某地招手想搭便車，也許已經招到一輛停下的便車，又上路了。她也許只打了電話是給柏太太，說要送部拖車下去，但是因為某種她自己的原因，她根本沒有走進修車廠。

但是，柏馬鍇離開中溪河，開車到離開羅密里十哩之遙拋錨的地方，為什麼花了那麼多時間呢？

會不會，兩個便車客聯手起來在柏馬鍇頭上打一下子，把他車弄走了？會不會，金髮女打電話說爆胎的事，本來就是個幌子？目的是萬一有人調查的話，可以不把金髮女列入嫌疑。

我在羅密里隨便找了一家汽車旅館，閉了幾小時眼。

天亮不久，我又上路了。

這次我一路沿山路向上爬。兩眼不斷觀察外側的路肩，看看有沒有車子翻進山谷的跡象。我先退回三十哩到中溪河，然後從中溪河出發觀察，通過羅密里，慢慢地駛向貝格斐。

一路並沒有意外事件的跡象，路肩欄杆連一點新刮痕也沒有。

好多次我在有可能推輛車下谷或車子不小心開下谷的地方停車，下車觀望。下面都是極深的荒僻山谷，但是路邊都整齊無缺，谷下也絕無摔下的汽車。

上午九點鐘之後，我到了貝格斐。我打電話給柏太太。

她聲音還有睡意。

「是賴唐諾。」我說：「我從貝格斐給你打的電話。你丈夫的車子裡有做生意的樣品嗎？」

「他的樣品都用照片。」她說：「賴先生，你在哪裡？」

「貝格斐。」

「你什麼時候能回我這裡來……向我報告？」

「暫時還不行。」我說：「他身邊有沒有帶大量的錢？」

「他一向贊成窮家富路。出差的時候總是準備多一點，但是都是旅行支票。」

「哪一家的？」

「第一國家銀行。」她說。

「旅行支票號碼有記下來嗎？」

她想了一陣子突然說，「有，他有記下來。有一個小的黑本子，他記在裡面。」

「你去把黑本子找來。」我說，「要快，我這是長途電話。」

「等一下，唐諾。」她說。

她很自然地用我名字叫我，叫得那麼自然，好像老朋友已經習慣了似的。

過不到一分鐘，她又在電話那頭說話了。

她從電話報過一組組號碼來。

柏馬鍇大概身上還有五百元從五十元至二十元面額的旅行支票。

我謝了她，告訴她辦案已有「進展」，掛上電話，又另打了幾個長途電話。

我警方一個朋友同意幫我忙，向第一國家銀行查一下，號碼單上的旅行支票，最近十天內，有沒有在什麼地方兌過現。

有一件事大家必須承認，警察真要辦件事的話，是很有力量的。另一件事大家也會承認，第一國家銀行是有效率的銀行。

我吃了一餐遲來，但是毫不匆忙的早餐。餐後坐在一家汽車旅館的大廳裡看報，打了個電話給我警方的朋友，告訴他哪裡可以找到我。

他有結果了。一張五十元面額的旅行支票，四天前，在內華達州的雷諾，一家賭場裡兌了現。

我沒有再給柏岱芬電話，我只是加飽油，直奔雷諾。

公司車半路上鬧了一點小彆扭，但是我知道這車子的毛病。我到達雷諾，已經是晚上了。

像所有其他在拉斯維加斯和雷諾的賭場一樣，這一家兌出柏馬鍇旅行支票的賭場充滿了一切人造的輝煌。

老天知道一共有多少吃角子老虎在吞吐硬幣，玩的人女人比男人為多。女人似乎喜歡和獨臂強盜對賭。

場裡的吃角子老虎有五分、一毛、二毛五、五毛和一元數種。每種又可以一次賭一個到五個硬幣。老虎的數目至少數百架。但是要找一個空位還相當困難。

有幾個五毛機器，和兩個一元銀元機器閒著。其他二毛和一毛的機器全部占用。

有不少人一個人占了兩台機器，手眼不停地玩得十分緊張高興。一個女人站著獨自玩三台一毛的機器，不慌不忙，一定是長期的練習才有這種結果。她的動作經過研究，好像生產線上的女工，最短時間，最大的效率。我心裡在想，生產線上的女工會不會像她這樣認真？

我決定把這個地方先弄弄清楚，再辦正事。

大批的吃角子老虎後面，是各種賭台。輪盤、廿一點、骰子、百家樂、幸運輪，不一而足。

整個賭場充滿了人。鬧哄哄的人聲中，不時傳出吃角子老虎出了大獎時的鈴聲，硬幣掉落的響聲，和廣播聲，刺激著大家更把硬幣往老虎小嘴裡餵。

我乘電扶梯向二樓，又到三樓。還是個大廳，更多的吃角子老虎。有一件事是很奇怪的：整個國家任何一個大城市，你想看到一元的硬幣還真不簡單，只有在內華達州的兩個賭城，一元硬幣才堆積如山，照常流通。

兌換硬幣的小姐，沒著多少衣服，穿梭在大廳裡。

我把五元鈔票換成二毛五的硬幣。柳腰的兌換小姐隨便地把鈔票往圍兜制服口袋一塞，伸手壓了帶在身上的錢管五次，二十枚二毛五硬幣就交給了我。「好運。」她笑著說。

我玩了二十分鐘，時勝時負，然後只剩最後四個。

我把四個硬幣放進上裝口袋，走走想找一個比較肯出錢的機器。我看到一個西洋鏡窗口，上面說「沙漠艷景」。我投一個二毛五的硬幣進去，把雙眼湊上目鏡。裡面是全黑的，什麼都沒有。但是我可以聽到機器轉動聲。我知道機器轉動聲是安撫我的。今日的科技，哪裡還有齒輪帶動的呢？背景漸漸由黑變灰白。看得出來照的是遠山，至少在二十哩之外吧。遠山之上太陽漸漸升起了。你不能不佩服攝影機和光學的造詣真是配合到了極點。一切就像你在現場目睹。近處一株大的仙人掌因為太陽照到現了出來。立體的感覺到了極致。鏡頭轉下，仙人掌下睡著一個美女，側著身，身上除了微笑外，只有一條大紅絲巾在腰部，微風一吹一吹，若隱若現。突然一陣比較強的風吹過，把絲巾吹掉，燈光也同時黑掉。

我看得很過癮，也很不過癮。取出二毛五硬幣想再看一次，又想到每一鏡頭都看過了。最後自己安慰自己說再看一次日出吧，於是又看了一次。

我本想再塞一個硬幣進去的，最後決定作罷。我轉身想離開。一個溫柔的女人聲音逗樂地說：「不再看啦？」

我看向她。她大概是在這裡等離婚「治療」的。

內華達州的法律，要離婚只要在這裡住滿六個星期就可以，開庭是隨申請隨即開的，判決是絕對全國生效的，一生效雙方都可立即再和任何人結婚。當地人稱這種目的來此居住六週的人叫「治療」。

「燈光有毛病。」我說，「緊要關頭燈光就熄了。」

「真糟，」她淘氣地說，「可能因為你小兒科，只付二毛五。」

「對呀！」我說：「我怎麼沒有想到……但是看不到什麼地方可以放大一點的錢哪。」

「像是一塊銀元的？」她問。

「像是二十元鈔票的。」我說。

「有空我會向老闆建議一下。」她告訴我，「你不是在餵老虎嗎？」

「剛才在玩吃角子老虎，你呢？」

「我也玩過一會。」

「怎麼不玩啦？」我問。

「你為什麼不玩啦？」她反問。

「我比較喜歡『沙漠艷景』那種鏡頭。」我說。

她說：「我沒有錢了。」

我說：「也許吃點紅錢可以轉轉手氣。」

「也許。」

我把換硬幣的女郎叫過來，拿了五元交給她。

那女人靠過來，湊在我耳朵上說：「賭場裡不准單身女郎在這裡吊凱子的。這個換錢的剛才見過我是一個人的，我等一會兒再來找你。」

她一下溜得很快，離我而去。

換錢女郎給我二十個二毛五硬幣，又開始在大廳裡穿梭，但顯然已開始對我特別注意。我每次轉悠，都看到她在看著我。

我放了四次硬幣進一個機器，第四個硬幣出了個「傑克寶」。

換錢的女郎就在我身邊。

我又兩個一次地玩，玩不久又出了一次十六元的獎。

我不在意地移動著。

曾經主動向我說話的年輕女人，用飢餓的眼神偷偷地注視我。

我乘電梯直下一樓大廳，等著看她有沒有跟下來。

她沒有跟下來。

我不知道是她改變了主意，還是賭場的人用什麼方法給了警告，重申這裡不可以吊凱子。

過不多久我覺得四周的熱鬧有點眩目單調，我明白我太累了。我走向靠邊的出納窗口。

「對不起，」我說，「我是一個私家偵探。我在追查一張第一國家銀行的旅行支票。是一禮拜之前在這裡兌現的。」

「多少錢的？」

「五十元的。」

她看看我，好像我是個白癡。她問：「一個禮拜以前？」

「並不久。」

「你知不知道一天二十四小時，這裡進出多少錢？」

我搖搖頭。

「我要是告訴你，他們會開除我的。」她說：「你知不知道，每天送進銀行的旅行支票疊起來有多高？」

我又搖搖頭。

「好，告訴你。」她說：「你去好好喝杯咖啡，把五十元旅行支票的事忘了。不要再來煩我。這等於是滿街的白雪，你在問我一片一個禮拜之前落下來的特定雪花。那是不可能的事。」

有人過來換支票，她臉上做出微笑，但眼神是機械式的。「請問有沒有身分證明文件，先生？」她問他說。

我把自己移開，讓後來的人可以換支票。

這裡的早餐是二十四小時供應的。

我吃早餐時天還沒有亮。餐廳裡人不多，兩個年輕女人，可能是賭場安排的假顧客，也可能是這裡見面同病相憐的離婚人，再不然是想追求點橫財但未能如願的一對寶。反正相當沮喪，慢慢地翻弄著面前盤子裡的炒蛋。

一個傢伙，看起來像職業乞丐，但誰知道——也可能是百萬富翁，一下一下有規律地在咀嚼前面的食物。食物對他可能只是燃料，根本不知道是什麼味道。

另外有幾位旅客，多半是想早點開始今天的冒險。其中一位摩拳擦掌，顯然這幾天他稍有斬獲。

兩個賭場的發牌人，才下班。

一個穿制服的加油站人員，一面猛吞食物入口，一面不斷看手錶。

我離開餐廳的時候，天朦朦亮，才剛能見到灰灰的天和黑黑的遠山。我開上公路，要一家家汽車旅館查看一下。

這是一件冗長而無味的工作。我開進一家家汽車旅館，沿著每棟平房前繞一圈，看有沒有加州車牌的「路來賽」停在門前。然後轉出來，再向前找下一家汽車旅館。

走完了雷諾西側公路上所有的汽車旅館後，我又回到雷諾，開始看雷諾東側公路的汽車旅館。

這真是一件越做越令自己不相信會成功的工作。可是跑腿工作漏掉一家就等於前功盡棄。我一再鼓勵自己，也許下一家就是我要找的。一家一家跑下去，我也一再提醒自己要仔細看，因為看了幾千幾百輛車之後，漏看一輛太容易了。

突然，我回頭再看一眼、再看第三眼，一腳猛踩煞車。

是一輛「路來賽」四門轎車，加州牌照，ＮＦＥ八〇一。

我把車靠向路邊以免阻塞交通，把車停妥，把鑰匙放進口袋，走回去再去看看。車子停在十二號平房的外面。車子完整如新，沒有絲毫曾經車禍的樣子。

我走向十二號房，敲門。

沒有人應門。

我又敲門。

一個睡意正濃的聲音問：「什麼事？」

我說：「開門。」

裡面的聲音提高警覺了：「你是什麼人？」

「保險公司。」我說：「我在調查門口那輛加州ＮＦＥ八〇一的『路來賽』。是你的嗎？」

長長的幾秒鐘沒有回音，然後我聽到腳步聲，門被打開。

開門的男人大約三十五歲，五呎十一吋，藍眼珠，深色鬈髮。他用他睡腫了的眼，向身後望去，以為一定有警察跟在後面。當他發現只是我一個人時，臉上的緊張樣放鬆了一點。

「你是什麼人？」

「我進去告訴你。」我把他推向一旁，要進去。

他猶豫了半秒鐘，好像要阻止我進去，但是隨即站過一旁，我自顧向前走。

「你最好穿點衣服。」我說。

他很高興我的建議，因為可以藉穿衣的機會，仔細想想怎樣應付我這個不速之客。他是穿了汗衫襯褲睡的。所以，他穿上襯衫、褲子、襪子、鞋子。把褲帶扣上，走進浴室，盥洗一下，一面用毛巾擦乾手，一面出來，自口袋中拿出梳子，梳理他頭髮。

「故事編排好了沒有？」我問。

「你說什麼？」

「編個好一點的故事，來自圓其說。」

「我為什麼要自圓其說。」

「你叫什麼名字？」

他猶豫了一下，說道：「柏馬錯。」

「你太太叫什麼名字？」我問他。

他看著我，眨一下眼，突然胸部塌陷下去，坐到床沿上，好像兩條腿已沒有力氣負荷體重。

「有沒有聽說過一個叫蓋亞莫的人？」我問。

「算你對了。」他說。

「該你說話了。」我告訴他。

「我知道該來的總會來的。」他放棄地說：「警官，當時我沒有人可以商量，不知該怎麼辦——我只好自己下決心，我把事情弄得亂七八糟。」

「你從柏馬錯那裡偷了多少錢？」我問。

「我沒有偷任何人錢。」

「別裝了。」我告訴他。

他沒有開口。

「你這一招玩得太渾蛋了，」我說：「馬上就要到三十五歲了。三十五歲之前假如沒判什麼重罪，一大筆財產在等著你。而你自己卻往火坑裡跳。」

「根本不是這麼回事。」他說，「我被迫處在一個不知該怎麼辦的情況。有一度我根本不知道自己是誰。」

「玩失憶症的老把戲，嗯？」

「只是一下子。」

我大笑。

「是真的，我告訴你是真的。完完全全是真的。我聽到過有這種事，但不知道真的會發生在我身上。真的！」

「說吧。」我假笑著說：先聽聽你的故事，但是要講老實話。我聽假話太多了，一聽就知道真假。先說給我聽聽，至少是個演習，早晚總要上法庭再說一次的。」

「上法庭！」他叫道。

「當然，」我說：「不去行嗎？」

他停住了一下，在研究，顯然在做決定要不要說話。

「說吧。」我說，「我們來聽聽有沒有人會相信。」

他還在猶豫。

「說出來也許反而輕鬆一點，自己會好過點的。」

這一下有用了。

他說：「反正你知道了——我是蓋亞莫。我想我不是什麼好人。我有週期性的酒癮。我不知怎麼得來的，我正常一段時間，然後又想喝酒了。」

我打個呵欠。

「我總是什麼事都不敢做，免得自己有麻煩。」他說：「每次酒癮發的時候我出門，口袋裡不敢帶超過一百元的錢。我喝第一口酒之前，把車鑰匙放進信封，寄給一個朋友，此後就只能走路了。身上鈔票喝完了，我也醒了。有時走回家，有時搭便車。」

「這些我都知道。」我說：「柏馬鍇怎麼回事？」

他說：「我一直喝酒，不知喝了多久，我想一定是碰到了肯出錢買酒的酒友了。我感覺上是個很長的一段時間。」

「你的酒友是誰？」我問：「柏馬鍇？」

「當然不是。」他說：「我也不知道他是誰。我只知道我最後終於醒過來了，一毛錢也沒有了，喝咖啡的錢也沒有了，但是我急需一杯咖啡。」

「說下去。」我說。

「每次這樣喝完醒來，我有一套回家的辦法。我會找一個飲水機，像駱駝一樣喝下一肚子的水，喝到自己走路能安穩一點了，然後去找一個共濟兄弟開的加油站。」

「之後呢？」

「之後我告訴他自己是共濟兄弟，我有困難，請他幫助，我要搭便車回家。通常這傢伙會幫我忙，有的人甚至會請我喝咖啡，吃頓飯。」

「這一次呢？」我問。

「這一次。」他說，「這傢伙叫我不要站在亮處，要離開加油站，但是不要離遠，他會幫我忙的。」

「記得這傢伙名字嗎？」我問。

「老實說，記不得。我只記得那地方在卡文鎮。他告訴過我他名字、他的分區號，我們握手。其他都記不得了。我回到卡文鎮的話，會找得到加油站的。我也會認得他。那地方送給客人貼好郵票的明信片，是宣傳用的。我還寄了一張給我朋友，說我在回家路上。」

我假裝很感興趣。這個人講話的時候沒有想騙人的樣子。我問：「之後發生什麼事？」

「我在那裡半小時之後，」他說：「那加油站人走過來，對我說他替我找到了便車，他是看共濟會的面子幫我的，叫我不要丟共濟會的臉。我和他握手，我是知道好壞的人，會好自為之的。我也告訴他我的身世。

「他告訴我有個人要開車去雷諾，他要連夜開去，想找一個可以替手的人。」

「說下去。」我說。

「加油站兄弟把我帶到那個人面前，給我們介紹。那個時候他沒有告訴我他叫什麼，我只知道他是個要去雷諾，要找一個人可以互替開車的人，他駕著外面那輛『路來賽』。

「我不太想去雷諾。我要去洛杉磯。我又餓又沒錢。我不願在路上過夜。只要一杯咖啡，一盤火腿蛋，我什麼都願幹。我知道這傢伙早晚會請我吃一頓的，吃飽了我就找地方下車，再找便車回家，怎麼說也比半夜三更在露天好。我不願意到公路上去找便車，那夜一路找便車的人太多了。也許是採水果的臨時工太多了。反正路上都是便車客。」

「說下去。」我說。

「這傢伙打了幾個電話，回來告訴我不去雷諾了，要去洛杉磯了。問我如何？

「我還會如何，高興還來不及。他說他直奔洛杉磯。」

「說下去。」我說。

「我坐進車去。雖然加油站兄弟告訴過我，他希望我能替手開一段時間車，但是他不叫我開，我就不自告奮勇。我看到他在觀察我，過了一下，他問我是不是酒鬼？我告訴他事實，我告訴他我是個週期性酒鬼，每次醒來都是在破產情況下，搭便車回家。我告訴他我醒了，只是還有一點精神緊張，而且已經好久沒吃東西了。他說沒關係，他會在下一個城鎮停一下，給我喝杯咖啡，吃點東西。他說他等我吃過東西後會讓我開車試試，要是我是個好駕駛，他就讓我接手——就在這時候，那個女的出現在路旁。」

「什麼女的？」

「另外一位搭便車的。喔，真是個了不起的寶貝。」

「她是什麼人？」

「我不知道。她說我們可以叫她瑪琪——我們兩個只知道她叫瑪琪——如此而已。」

「之後呢？」

「她用大拇指向前指，他就把車停下問她去哪裡，她說要去洛杉磯。他問她為什麼半夜攔車，她亂扯說她要減肥，醫生勸她長途步行，她想三百哩該算長途步行了，她又說她是狼窟裡逃出來的。反正他讓她坐進車來，但是向她致歉說，等一下吃了東西會由我來駕駛，所以她只好坐後座了。她說沒關係，她說她一向和狼爪掙扎，所以皮膚很厚——她很會說笑。」

「很快就跟大家混熟了？」我問。

「說對了，她真有辦法。」

「好，之後發生什麼了？」我問。

「我們一下就到了一個鎮，中溪河。他停車，讓我們吃東西。我們吃火腿蛋，但他迫我們快吞。我們吃東西的時候，他又去打長途電話。我不知道——可能是打給家裡。」

「他有沒有塞錢進電話機？也許是對方付錢的。」我問。

「我不知道。我想——對，他有塞錢進電話機，我記得。但是只是把總機叫出來的錢。」

「那可能是打電話回家裡，家裡付錢吧？」

「我怎麼會知道？」蓋亞莫不耐地說：「我在告訴你發生什麼事了，真是不容易叫人相信。你聽著就好，還沒有開始呢！」

「我在聽著。」我說。

「我們離開中溪河。姓柏的說他要我的食物走到血裡，再給我開車。」

「這時女的坐哪裡？」

「在後座。她說她可以開車，姓柏的假裝沒有聽到。所以她坐在後座，悶頭不說話。」

「好了。」我說：「你們爆胎了，之後——」

「什麼？」他說，向我看過來。

「你們爆胎了，」我說，「他走出車來，發現備胎也沒有氣，所以——」

蓋亞莫猛搖他的頭。

「沒有爆胎？」我問。

「沒有。」他說。

「好吧，發生什麼了？」

「我不知道。」

「什麼意思你不知道？」

「我們正向前開，突然天塌下來了，我一下昏過去。我感覺到腦後重重一擊，在我昏過去之前有一陣不舒服。可能是被人打了一下，但不一定。」

「是姓柏的打了你？」我問。

「他在開車。一定是那女人，但不能確定。我告訴你，突然天旋地轉，公路翻過來壓向我。」

「之後呢？」我問。

「我醒過來，天還沒亮。我睡在汽車邊上，右側前車門開著。我平躺地上。血從頭上流到脖子上。肩膀和上衣也有血。我不知道我在什麼地方。老實告訴你，先生，真的我不知道自己是什麼人。我只隱隱感到一陣莫名的恐懼，要自己趕快離開這個地方。」

「你怎麼辦？」

「我開這輛車，開了大概二哩路的泥巴地，來到鋪好路面的公路上。我不知道這是通哪裡的路，右轉是下山，左轉則上山。我只是隨手左轉，向上山的路上加油走去。我腦子只覺得怪怪的，我就是不知道自己是什麼人，腦袋裡一片空白。連自己過去是幹什麼的都不知道，只是開車。」

「你知道怎麼開這種車？」

「我懂得。」他說：「我只是不知道發生了什麼事。我有點像我從這一刻出生在汽車邊上。」

「你怎麼做下去？」

「我繼續開車，想到記憶一定會漸漸恢復的。我停在一家餐廳門口，進去喝咖啡。我伸手進口袋，口袋裡有錢。我付了咖啡錢。我走進盥洗室把自己袋裡東西都拿出來。我有個皮夾，皮夾裡有張柏馬鍇的駕照。我有幾張柏馬鍇的名片，幾種身分證件。皮包裡有錢，一百多元。有一疊旅行支票，二十元和五十元的，也是姓柏的名下的，買的時候要簽名的一邊，已經簽好了。賣的時候一邊空著。」

「你怎麼辦？」

「我就自以為是柏馬鍇。我又向前開車。我隱隱覺得應該去洛杉磯，但洛杉磯在哪個方向我不知道。我繼續開車希望記憶能自動恢復，但是沒有。

「我開得很快，好像怕後面有什麼東西會傷害我，但也說不出怕什麼。我不斷向回看，也不知道在看什麼。老怕後面有東西在追我，使我不敢再在大路上開車。所以我就右轉前面第一條眼見相當好的碎石路，於是我就走上了蜿蜒的山路，我就不斷的開。我不知自己是誰，要幹什麼，要去哪裡。

「最後，我到了山下，又走上公路的路面。在那裡看到了路標，我是在去雷諾的路上。那時我腦裡連雷諾是什麼地方，離洛杉磯多遠，一概不知，哪裡都沒太大分別。」

「你沒有停車問問方向？」

「沒有，我一心只知道有什麼地方不對，內心在怕。我一路在逃，一直開車到了雷諾。

「我有的事情還知道，我懂得擲骰子，懂得賭輪盤，懂得開車，每天該做的事都沒忘記。」

「又如何？」

「我用我身邊的錢賭。有一度運氣很好，然後運氣轉壞，沒有錢了。」

「怎麼辦？」

「我把旅行支票一張拿來兌現。」

「之後呢？」

「我寫柏馬鍇名字的時候，總覺得不對勁，手裡的筆不要我寫柏馬鍇。支票兩個地方的簽字連我自己看也不像。」

「那怎麼辦？」

「我相信賭場出納小姐見過太多手發抖的賭客了。我知道別的窗口有人在為私人支票爭吵，但是對旅行支票，他們不太在意。小姐看看旅行支票，翻過來看看，問我有沒有證件。我給她看證件，她把現鈔交給我。」

「你做什麼？」

「我有奇怪的感覺，好像自己在太空裡。我走到輪盤前面，把現鈔換成籌碼，開始瘋狂地把籌碼往數字上放。」

「結果呢？」

「財運來了。」他說，「我一定是瘋了。我把籌碼全部放紅上，紅就來。我加押上去，紅又來。我又加押上去，紅的來第三次。我把籌碼拿回來，放了一大堆在二十六獨贏，二十六就出來了。我又瞎押了幾莊，推了一大堆籌碼在紅上，紅又來了。我全押上一次，又來了一個紅。我玩得起勁的時候，突然記憶恢復了。就像有人拉開我眼前一張窗簾似的，我一切都記起來了。」

「然後呢？」

「我一下癱在椅子上。我記得有人問我是不是不舒服了。一個場子裡的人過來招呼我，推開幾個人，我想是看熱鬧的。他把我帶到窗口幫我換籌碼，兌了一千八百元現鈔。

「這一個地方，我告訴你，他們絕不使詐。那個場子裡的人一再勸我回去休息一下，說是等我身體好時隨時歡迎我回來。但是今天一定要我回去休息一下了。」

「你有沒有聽他話？」

「我走進車子，我記得車子停哪裡。我每一細節都想起來了，就像現在告訴你的一樣。我一直住這個汽車旅館，所以我就回這裡，我吃飯都在對街餐廳吃。我很怕去城裡，也怕在人多的地方露臉。我怕和人交談。我知道我應該在記憶恢復的時候，自己去警察局，但是換了五十元旅行支票這件事，把我自己退路堵死了。我進退兩難了。

「我假如能在三十五歲生日以前，不被警方逮捕，就沒有問題了。但是，有一個自以為是的人，他把我的錢全部抓在手裡，整天希望我犯一個大錯，你知道會變什麼樣。

「我下定決心就留在這裡，能留多久就留多久。這個汽車旅館的人還以為我在這裡是等六個星期居住權，好用來離婚的。你知道，這個城從不問三問四，管別人閒事。我當然更不會主動提供什麼消息。」

我說：「有一件事你錯了。」

「什麼？」

「你並不是在三十五歲生日之前，只要重要刑案被逮捕就失掉了繼承權。而是要被判定有罪，才能取消你的權利。」

「又有什麼差別呢？」

「差別太大了。」我說：「假如你穩得住，假如你不和警方合作，假如你不同意引渡回加州，假如你一件事也不妄動，假如你請一個最好的律師，你就可以儘量的拖時間，多半你可以拖過規定的時效。」

「之後呢？」他問。

「之後，」我說，「只要過了你三十五歲的生日，只要他們還來不及判定你所犯的罪，基金會只好把遺產的全部交還給你。」

「又之後呢？」

「又之後，你就有錢了。」我說：「你可以真正的打官司了。」

「但是，在那樣之前，我一毛錢也沒有。」他說：「你為什麼好像在幫著我說話？你不是警察嗎？」

我搖搖頭。

「你說你是保險公司調查車子的？」

「我是私家偵探。」我說，「我也有意在找你。你認識鄧仙蒂嗎？」

「我怎麼會不認識她？」他說，眼中充滿歡樂：「她好嗎？依玲好嗎？」

「很好。」我說，「她們為你在擔心，她們也完全沒錢了。」

他把頭放在兩隻手裡。他說：「我想到過她們無數次。我想給她們錢，但是不敢動。我不知道怎麼辦才好，我會想辦法給她們弄點錢去。」

「好吧。」我說，「你現在記起不少了，告訴我的都是真的嗎？」

「是的。」他說。

「我們現在開始，要重新研究一下你做的每一件事。你被擊失去知覺，醒過來爬下車子就走的地方是怎麼樣的？」

「那是一塊泥地。」他說，「是在山的裡面，有松林，附近什麼地方有條溪流。我記得聽到聲音。我記得我有一陣衝動，想走過去把頭泡進溪水裡，但是有一種懼怕感不准我如此做，要我盡快地離開那個地方——我一生也沒這樣怕過……嗨，還沒請教你尊姓。」

「我的名字是賴唐諾。」我告訴他：「現在我們回到你和車子留下的地方。你認為離開舖路面的路有多遠？」

「大概二哩。」

「什麼樣的泥土路？」

「路面不平，有轍痕，是在山裡的，空氣裡透著高地的味道，還有松樹的芬芳。但是是晚上，只有車頭燈照到的地方才看得見。」

「不過你見到公路時，你反而向山上爬？」

「是的，上山。」

「之後呢？」

「我開車，我想……也許開了二十哩。」

「現在你仔細想一想。」我說，「你什麼時候加的油？」

「相當久之後。」

「你有看油錶？」我問。

「是的，開始的時候油箱幾乎是滿的。」

「當你到公路時。」我說，「你轉向上山，上坡路走多久？」

「一陣子上坡，然後下坡，然後在高原上兜圈子。之後是一路的下坡。我記得我轉進碎石路的時候，天已經亮了。我在山裡開了很久的車子，之後有農地，我見到了路牌說是雷諾。我記起來了，上面寫的是雷諾，四十哩。」

「到這個標誌前，你開車開了多久？」

「我不知道，大概……四個小時。這一部分我仍有點混亂，那一整天我都在開車。」

「你有加油？」

「我想兩次。沒錯，是加了兩次油，但也許是三次。」

「你沒有問加油站的人這裡是什麼地方或別的事？」

「沒有，我只是加油，用現鈔付了油費，又上路。你不會懂這種事的，賴先生。你也許大睡一頓後，醒來有一陣子不知道自己在哪裡，但突然一切記起來了。我也如此，只是忘記的時間長了一點。我知道記憶會回來的，我只是除了開車外不願意做任何事，專心等著記憶回來而已。我精神一緊張，一觸即發的樣子，而且我受傷不輕。」

「你那時候臉上有血？」

「臉上有血，衣服上也有血。我已經盡可能擦掉了。」

「你去加油的時候……」

「我先去盥洗室。我先在販賣機裡買杯咖啡，然後進盥洗室把自己鎖在裡面，我在鏡子前面看我自己，拿紙巾把血擦掉。我的頭痛得很——現在仍在痛。」

「上衣上有多少血？」我問。

他走向一個掛衣架，拿下他的上衣，交給我看。

「我盡一切可能自己洗掉一點。」他說：「但是你仍可以看到血跡。」

「你用什麼東西來洗的？」

「冷水。我讓它泡一下，盡可能洗掉它。」

我說：「真是鬼也不信的故事。」

他看著我，沮喪地說：「我也這樣想。」

「好吧。」我說，「我們一起去吃早餐。」

「之後呢？」

「之後，」我說，「我把你放在這裡，就像我找到你之前那個樣子。我去調查點事，你給我好好穩住在這裡。」

「你去查什麼？」

我看向他雙眼，「我要去找出來，你那麼怕是怕什麼？」我說：「我要去找出來你為什麼要那麼急著離開那個停車的地方。」

他也想和我對視說話，但沒有成功。他把眼睛移開，全身在顫慄。

「你自己沒有概念？」我迫著他說。

「沒有我要談的概念。」他說。

「好吧。」我告訴他，「你該去吃點早餐。你需要咖啡，還需要刮鬍子。我想你也明白，世界上沒有一個陪審團員會相信你的故事的。」

「我知道。」他說。

第六章　案發現場

我開車到雷諾機場，搭班機在薩克拉曼多下機，在薩克拉曼多又乘機去貝格斐。在貝格斐，我租輛車子開回到山上去。一路注意著支線。租來的車是以哩計費的。里程錶一路在轉，我一路在想像，將來辦報銷的時候，白莎的臉色會有多難看。

我真是從沒想到過，從公路上竟有那麼多泥巴路可以下山走向小小的山谷。我每遇到一條就轉入，看看有沒有適合蓋亞莫形容的。

筋疲力盡的時候，終於給我找到了。一條泥巴路，經過一個破舊無人居住的木屋旁，一直下去到一個平的坡地，附近有一條不小的山澗，山水甚大，咆哮著衝下谷中松林去。

空氣裡有特殊的腐敗味，我沿溪往下找，沒找到東西。我沿溪而上，怪臭味越來越濃。

用不了幾分鐘，我找到了他——該說是剩下的他。現場不忍一睹。

我只是大概看一下。回進車裡，回到公路，回向貝格斐，走進郡行政司法長官辦公室。

這地方由一位代理執行官在負責。我給他看我證件。

「我要報案，我發現一具屍體。」

「什麼地方？」

我告訴他。他要更仔細的形容。我畫了一張簡圖給他。

「你怎麼會老遠來這裡，一下就見到個屍體？」他問。

「找尋證據。」我說。

「說詳細點。」他說。

我說：「假如你查證一下加州公路巡邏隊，你會發現他們沿這條路在找這個人已經很久了。他們奉命查看每一條可以轉出去的小路。

「我尚未能確定這個人是誰，但是相信你查一下會發現他叫柏馬鍇，他帶了兩個搭便車的去洛杉磯，但在中途失蹤了。」

「他的車怎樣了？」代理執行官問。

「我剛才在那現場沒見到有車子。我沒動現場。」

代理執行官研究了一下，他說，「今天這件事，你可以向一打以上當地機構報案。你可以在原地找到副行政司法長官，你也——」

「我要向當地最高單位報案。」

「為什麼？」他問。

我告訴他：「因為我對這件事有興趣。我不希望這些鄉下外行亂弄一通，把現場弄亂了。我希望最高單位直接插手。」

這理由他倒滿聽得進去的。他說：「你認為是搭便車謀殺案，是嗎？」

我說：「我不知道這是什麼，我只知道柏馬鍇準備通宵開車直奔洛杉磯。他打電話給他太太，他有一個男的便車客同行，之後，他又帶了一個金髮的女便車客。」

「金髮的有什麼特徵？」

「身材好。」我說。

「這算特徵？」

「柏太太只知道這些。」我告訴他：「對你也許稱不上特徵，卻夠我想入非非了。」

他笑向我說，「好吧，賴，我陪你去。假如像你所說那麼重要，我向你保證，我會重視好好調查。我們要先會同當地警長以示本辦公室的禮貌。」

「這由你決定。」我告訴他，「你要帶誰都可以，只是我們應該帶最好的照相師去，在那地方亂糟糟之前好好照些現場照，我們要特別重視死者身分的確定。」

「人壽險？」他問。

「十五萬元的差別。」我告訴他。

他吹了聲口哨。

「這傢伙是個推銷員。」我說，「管整批的推銷，生意很好。」

「他太太如何？」郡行政司法長官辦公室的代理執行官問。

「講究實際。」我說：「我想她找我的時候，已經不存活著找到他的希望了。要是找到的是活的他，她反正也不要了。」

「她是怎樣一個女人？」他問：「多大，怎樣一個人？」

「二十六歲或二十七歲。」我說，「曲線非常好。」

他笑笑說：「金髮的嗎？」

「褐色髮膚的。」

「講究實際？」

「完全正確，她知道，她先生如果不是被幹掉了，一定是跟金髮的跑掉了。兩種情況下，她都需要證據。假如他被幹掉了，她希望早點找到屍體，免得爛到辨認有困難。假如他是跟金髮的跑掉了，她要在他們愛情褪色前，拿到足夠的證據，可以辨離婚。」

「那也好，至少在通知她的時候不會呼天搶地。」他說，「你想我們可以和她談談嗎？」

「目前不太合宜。」我說，「等查過指紋再說好嗎？」

「可能會有點困難的。」他說。

「我見到過一些專家做這種事。」我說：「你可以把等張液注射到他手指裡，再取指印。」

「我知道。」他說，「我們這裡有一個好手在，他都懂。我們走吧！」

我們開車又進入山區。天已黑了，但是我對山路記得很清楚。我們在經過一個大一點的鎮時，找到了當地警長，和我們一起經過這段路最高點，在山的那一側下山。我們也接了一位法醫一起走。

現場真是一團亂糟糟。

根本用不著屍體解剖便可確定這是他殺。這傢伙的後腦被打扁凹進去。兇器就放在屍體旁邊，是一個兩呎長的千斤頂手柄。屍體的頭被打得像個破蛋殼。

只有一件事顯得稍微奇怪。死者的一頂帽子，被發現在離開屍體五十呎的地上。

我建議量一量真正的距離，定一下方位，照些照片。

代理執行官輕蔑地說，「沒有必要，賴。是因為山谷裡的風。那傢伙的帽子跟了風在地上飄，它鉤住了山艾樹叢，所以留在現在的地方。下個禮拜來看，又在不同的地方。」

「也許什麼聰明的被告律師會要知道它今天在什麼位置。」我說：「不要忘了，你是一定會被請上證人席的，你也一定會被對方律師詰問。有十五萬元的保險金，這案子不會不轟動的。」

他想了想說：「到底這帽子的位置有什麼關係？」

「你再仔細看看。」我說。

他不看帽子，看向我說：「你快說。」

「那頂帽子。」我說，「沒有破壞。兇手用千斤頂的柄打他頭的時候，帽子不在他頭上。」

「怎麼樣？」他問。

「你開車時，帽子戴在頭上，還是不戴在頭上？」我問。

「有時戴，有時不戴。」他說：「這什麼也證明不了呀。」

「千斤頂放哪裡？」我問。

「後車箱，怎麼了？」

我說：「假如地上的千斤頂柄，正合柏馬鍇的千斤頂，那就有不同了。要記住那個金髮的搭便車客曾經打電話說柏馬鍇爆胎了。也說她另搭了便車叫了拖車回去拖他。」

「但是並沒有拖車出去呀。」他說：「至少你這樣說的。」

我說：「沒有人記得那天早上有金髮女來叫拖車。」

他看著我很久，走過去對警長說：「好吧，皮爾。我們就用皮尺來量一量，從帽子到死人頭和腳各有多少距離，再從各個方向把鬼帽子多照幾個相。」

他們在工作，我在附近徘徊。過了一下，我說：「這裡來看看，各位。好像有人很不舒服，在這裡吐了。」

他們用強光照了一下，但沒有太重視。「當然。」代理執行官說：「常見的事，兇手做完了這種噁心的事，自己也常有這種反應，沒什麼稀奇。」

「書上說，現場發現的每一件線索，都是重要的。」我告訴他。

他嘴角笑笑，但眼神冷冷地說：「我知道，賴。但那是你的教科書，這件案子是我的——你記得嗎？」

「記得。」我告訴他。

第七章　測謊

最後，屍體被裝入一個透明塑膠袋，搬上了一輛運屍車。郡行政司法長官辦公室在貝格斐的代理執行官走向我，我現在知道他叫胡海威。

「胡先生，現在幹什麼？」我問他。

「現在。」胡海威說，「我們查指紋，我們全面追查柏馬鍇的汽車。本來這件事早就該做了。你怎麼會沒想到？」

「我想到過。」

「為什麼不做？」

「因為沒有人叫我做。」

「也沒有人叫你跑到這裡來找屍體吧，是不是？」

「情況不同。」

「你什麼意思？」

我說：「假如柏馬錯是和金髮女郎情投意合要躲起來玩幾天，警方公佈這樣一個全面追查令要找他車子，他和金髮女郎在公路上開車被揮旗攔了下來。他把駕照拿出來，他說他因公在旅行，駕的是他自己的車，說他邊上的金頭髮並不是昨天、前天或隨便是哪一天他對太太說的那個便車客，而是一個小時前在路上搭車的。他叫你們警察多管管公事，少去聽別人太太的小報告，甚至他說上次說帶了個金髮搭車者只是夫妻間的小玩笑。」

「我懂你的意思了。」胡海威說。

「現在，我們從另一角度來看一下。」我告訴他。

「什麼？」

「一個女人，打電話給柏太太說車子不能動了。說她會自羅密里叫一輛拖車去修車子，使柏先生能回家。假如她沒有回車子去，她就一定要繼續搭便車向前走。」

「但是。」胡海威說，「你告訴我根本沒有人那時候找修車廠請求修車呀。」

「我不是這樣說的，我說沒有一個修車廠記得派出過拖車出去。再說得明顯一點，沒有一個派拖車出去的修護廠記得這件事。」

「你心裡有什麼主意？」他問。

我說：「假如根本沒有爆胎，那個打電話的女人，不管她是什麼人，是在說謊。她沒有理由說謊，除非她也和謀殺案有關。這樣，男的搭便車客就沒有問題了。」

「也不一定。」胡海威說，「說不定兩個人是一路的。」

「機會不多。」

「你有什麼高見？」

我說：「你們這裡有沒有測謊儀和會使用的人？」

「有的，什麼用？」

「你在今天晚上，」我說，「在新聞漏出去之前，我們去那兩家修車廠，把那兩個人弄上測謊儀。」

他的眼睛瞇到一起去看我。

「這樣的話。」我說，「假如兩人中有一個在說謊，我們就可以把金髮的搭車者置之事外。柏馬諧被遺棄在路上，和一個男的搭車者在一起。車廂是打開的，千斤頂是拿出來了，千斤頂的手柄在男的搭車者手裡。」

「這樣說來，車子是怎樣修好的呢？」

「當然，備胎沒有破，漏光了氣而已。有人開車經過，車裡有打氣筒，你要是車裡有打氣筒，會不會借給人用？」

「當然，我會。」

「你會站在自己車旁，看他們把備胎氣打起來，讓他們把打氣筒放回你車廂，向你說聲謝謝，然後就自顧開車前行。你當然沒有理由把兩隻手插在口袋裡，看他們把打好氣的備胎換上，千斤頂拿下來，把換下來的破胎和千斤頂放進車廂，你再發動車子上路。」

他說：「你說得不錯。我打電話聯絡，由你選哪一家優先。」

「年輕那一個。」我說，「這一家叫日夜修車廠，他身上有刺青，可能服役的時候是水兵。他小床四周都是裸體剪貼，清晨的時候，來個金髮——」

「我懂了。」他說，「你說測謊儀，就測謊儀侍候。」

他用無線電叫一個人帶測謊儀，約好會合地點。

技師帶了測謊儀，半夜十二點趕到了日夜修車廠。

年輕的傢伙今天仍在值夜。他還沒睡，一張自己用木板釘起來的椅子，放了厚厚的墊子，看起來坐著還挺舒服。他在看電視。

他還記得我，我們握手。我替他介紹同來的兩人。

代理執行官接手主持局面。「你記不記得五號那個晚上。」他說，「也就是六號的清晨，我們在追查一次修車請求。」
「是的，先生。」
「你叫什麼名字？」
「艾堂木。」
「你有沒有碰到別人來要求修車？」
「沒有，先生。我對這位紳士──偵探──說過沒有。我說過我啥也不知道。一定是你們誤會了。沒有人來這裡──這裡另外還有一家修車廠，但是絕對沒來這裡……是真的。」
「你怎麼知道沒來這裡？」
「我怎麼知道我姓什麼？」艾堂木生氣地說，「這裡有一本登記本，有電話、有人敲門我都要登記。我們的修護車就是拖車，只有一輛。車上有里程表。每次出動要記在登記本上。我們每一哩路都要客人付錢的。白天五毛錢一哩路，晚上一元一哩路。」
「好吧！」胡海威說：「你只要回答問題，據實給我回答，懂嗎？」
「是的，先生。」
「好吧，坐在這張椅子裡。我給你再介紹一下，這位先生是測謊儀使用專家。

你知道什麼是測謊儀嗎？」

「知道。」

「我們要在你身上試測一下，看你有沒有說謊。」

「我為什麼要聽你們的？」

「你意思是你不敢接受一次測謊試驗？」

艾堂木看向地上，用舌頭潤濕一下嘴唇，過了一下，他說，「我又沒有說不敢。」

胡海威向那專家示意道：「進行吧。」

測謊專家說：「這裡環境不是挺合適，我不能保證——」

「進行。」胡海威說。

專家開口說，「測謊儀是一種科學儀器，它測量你血壓、皮膚敏感和電阻。它測量你呼吸。我做完試驗後，會知道你是否在說謊。你懂嗎？」

艾堂木點點頭。

「請你把袖子捲起來。」專家說：「我要綁個血壓計上去，這樣可以量出你的心跳和血壓來。」

艾堂木把袖子捲起，深深吸口氣，坐進椅子。專家調整好機器，自口袋拿出六張撲克牌。「看到牌了嗎？」他問。

艾堂木點點頭。

「隨便選一張，用腦子想，不要用手碰，身體不要動。只是想一張，選好了嗎？」

「是的。」

「好吧。」專家說：「你說一次謊，我要看你說謊的時候，是什麼反應。」

「怎麼說法？」

「我會問你，你選的是不是黑桃愛司。你說不是。即使你本來選的是這一張，也說不是。除了『不是』之外，什麼也不說，知道嗎？」

「嗯哼。」

「只說『不是』。即使我正好指對了，也說不是，知道嗎？」

「知道了。」

測謊專家又調整了儀器，試試這些跳動的指針，開始問話：「你選的是不是黑桃愛司？」

艾堂木說：「不是。」

測謊專家等了五秒鐘，問道：「你選的是不是紅心皮蛋？」

「不是。」

「你選的是不是梅花老Ｋ？」

「不是。」

「你選的是不是方塊十？」

「不是。」

「你選的是不是紅心四點？」

「不是。」

「你選的是不是黑桃七點？」

「不是。」

專家說：「很好，我要再依原來次序問你一次。你還是照樣回答。懂嗎？」

「嗯哼。」

「你選的是不是黑桃愛司？」

艾堂木說：「不是。」

專家依序又問了一次。結束的時候，他說：「堂木，可以了，我現在知道你心理反應了。」

「你什麼意思？」

專家說，「你選的是紅心四點。」

艾堂木目瞪口呆地看著他。

「現在，我們要回到五號的晚上，也就是六號的早上——我們說的是六號早上，天沒亮的時候，你懂嗎？」

「嗯哼。」

測謊儀上好幾支長臂的指針在動著，紙在一個圓筒上慢慢向前滾，畫出艾堂木血壓、脈搏、出汗的情況，專家又調整了一下他的機器。

「你的名字是艾堂木嗎？」

「是的。」

儀器上的針向上一跳，維持在上面幾鈔鐘，才下來。

「今天晚飯吃過了嗎？」

「是的。」指針平穩地走著。

「六號早上有沒有一個金髮小姐來找你？」

「沒有。」

「你吸菸嗎？」

「是的。」

「有沒有一個女人敲你們，請你去修一輛爆胎的車子？」

「沒有。」

「你打不打牌，賭錢？」

「是的。」

「玩過假嗎？」

「沒有。」

「結過婚嗎？」

「沒有。」

「在海軍待過，是嗎？」

「是的。」

「六號早上，有沒有應過要求，修護爆胎？」

「沒有。」

「很好。」專家說，「我會再給你一次相同的問題。我連次序都會一樣不亂地問你。」

艾堂木坐在那裡，什麼也不說。

「你懂嗎？」專家問。

「我懂。」

專家又把剛才問的問題再重複問了一次。而後他把綁在他臂上的血壓器帶子拿走，把綁在胸上的帶子也拿走。對艾堂木說：「艾堂木，我真抱歉，你沒有通過。」

「什麼意思？」

「你在說謊。」

「誰說的？」

「好吧，我給你自己看。」專家說：「我問你有關金髮女郎的事，你看你血壓有什麼改變？我問你六號早上有沒有人來找你修車，看看相同的情況又發生了。看看你呼吸的記錄也相配合。此外我再告訴你一件鮮事，艾堂木不是你真名。老實告訴你，你目前被綑在不太有利的情況中了。你要瞭解這是謀殺案呀。你在說謊，你掩飾了謀殺案的證據。你用假名字在混，你當過海軍。他們只要把你指紋一送，二十四小時內，什麼都清楚了。」

艾堂木在坐椅中縮小了一號。

胡海威接口道：「有前科嗎？」

艾堂木拒不回答這個問題。

「好吧。」胡海威說，「我看我們只好帶你進去，你是證人，我們先查查你的底。這是個謀殺案，我們要謹慎些。」

「去他的吧！」堂木說：「我不要混進謀殺案去，我有犯點小錯，我在內華達有事。我是在保釋中，但我溜跑了，又如何？這不代表和謀殺有關呀。」

「六號早上的事，是怎麼回事？」胡海威問。

「好吧，我說老實話。」艾堂木說：「我在睡覺，我睡得很死，你知道。門鈴響了好多次。我起來，一面找褲子開燈去開門。我一面還在拉上牛仔褲，看看什麼人在門口。嘿！一個大寶貝。真是了不起的美女。

「她告訴我有一輛車在路上，爆胎了。又說備胎也沒氣。說那男人沒帶打氣筒，要我去修車。」

「你怎麼辦？」

「她一面講話，一面自己進來。我問她是什麼人，她說她只是便車客，她說和開車的無關。她說開車的男人有的是錢，會付我修車費的。

「我告訴她讓開車的多等一下好了。我說我一定要煮杯咖啡喝了才能上路。我問她要不要留下來陪我喝一杯。

「她說好的。所以我留她下來，一面開始煮咖啡。反正……事情一件接一件演變下去，最後變成想去替他換胎也太晚了。想像中他要不是另請人通知另一家修車廠，就是有人幫他打好備胎的氣，一定已經走掉了。」

胡海威問：「女的後來怎樣了？」

「她和我鬼混了一陣，最後告訴我她一定要走了。她說她一路在搭便車的跑——你們不知道，她真是棒。她的金髮是染的，但藍眼珠是天生的，不是碧藍色，而是深藍色，但皮膚又白又嫩。」

「知道她叫什麼名字？」

「我當然拚命試過。」他說：「我向她要電話，要她聯絡地址，我希望能再見面，但她太聰明了。每次我問她從什麼地方來，她都會說點笑話。我再問她，她會把話題拉開，越拉越遠。我相信她心裡在笑我不死心。」

胡海威說：「釣上你好像很簡單。」

「你胡說！」艾堂木說：「她本來是只想要咖啡的。她根本不怕我會對她如何。她天不怕地不怕，她知道怎麼應付一切。我知道，她也一向應付得很好。

「我對她知道不多，她全國到東到西在混，她說過她隨時想停下來都可以找到工作，但是她不肯留一個地方不走。她到哪裡都不會吃虧。

「她也絕不屬於任何人，千萬別誤解她，我見過不少女人，我能看得出來，她很寂寞，當時她需要咖啡……她喜歡我。我開門的時候從她看我的樣子，就知道她會喜歡我。」

「她看你的樣子？」

「是的，有的人一看就大家知道來電，我和那寶貝就如此，我們來電。」

「但是，你一直在否認有人找你修車？」

「當然我一定要否認，否則怎麼辦，讓我自己給開除掉？」

「那個女人去哪裡了？」

「她說她要去洛杉磯。這是我知道的一切了。她到七點鐘才離開這裡。她也不是很匆忙，日班的人七點半來接我班。要不是如此，她可能會留到中午才走。」

胡海威說：「你不知道這樣會給你增加麻煩嗎？」

「我當然想不到會有人問我名字。」堂木說：「現在我知道了，內華達的保釋委員會馬上要送我回監獄去，我會馬上回卡遜監獄的。我答應典獄長我出來後會好好做人，不再回去。那老小子就恨再回去的人，我慘了。」

「是的，你慘了。」代理執行官說：「但是，你仍須先和我們在一起，做一個證人……再見到那金髮的會認得她嗎？」

「會不會認得她，老天，把她燒成灰試試，我也認得。」

胡海威看著我說：「這一來，另外一個搭車客問題就大了。」我說：「上次來我就知道這傢伙在說謊。」

「吹什麼牛。」堂木說：「我騙得你一愣一愣的。我覺得你完全相信了。」

「那我又怎麼會帶這些朋友來呢？」我問。

「我也希望知道原因。」艾堂木說：「你和這些人來時，我知道有點麻煩了。我知道有人一查我底就完了。」

胡海威用不好意思的感激樣子說：「賴，你要知道，通常我們對洛杉磯來的私家偵探是沒有好感、不太親善的。但是今天這件事，我欠你一次情，你的推理讓我學了一招。」

「別提了。」我說，「巧合而已，相信有一天你也會幫我忙的。」

「幫得上你忙時，打電話給我。」胡海威說。

他轉向艾堂木：「好吧，小伙子。整理好你的東西，打個電話給你老闆，告訴他今天只好自己來看店了。你要換一張床睡。可惜你不能帶那些剪貼小姐玉照去了。」

第八章 馬失前蹄

我把柏馬鍇的路來賽車子詳細形容給代理執行官胡海威聽。胡海威也寫下牌照號碼，又打電話通知警方發出全面追查令，找尋那輛車子。

「下一步又如何？」我問。

「先回貝格斐再說。」他說。

「這裡還有工作要做嗎？」

他搖搖頭。

「對艾堂木我們怎樣處理？」

「他也去貝格斐，我們通知內華達警方，看他們要不要他。這個州裡他並沒有犯什麼罪。」

我說：「我還想借他證明一個怪想法。」

「什麼怪想法？」

「在中溪河那邊有一個餐廳。一個金髮女郎在那裡工作。她是六號開始工作的。我在想會不會和這件事有關。」

「為了一個怪想法，走那麼遠路值得嗎？」胡海威說。

「我知道遠了一點，但是以後要帶艾堂木去的機會不多。」

胡海威想一下我的建議。

我說：「手上有了證人而讓他從眼前溜走，就糗了。」

這一句話說中要點。他說：「既然如此，走一次也無所謂。我們帶艾堂木一個人去。」

「其他人呢？」

「讓他們睡一下，叫他們找個汽車旅館休息一下，我們三個走一次好了。」

胡海威、艾堂木和我三個人下山，連夜去中溪河。

艾堂木知道自己被套住了就三緘其口，怎麼也不說話。胡海威累了。所以大部時間我們不開口，只是開車趕路。

快到中溪河，胡海威說，「這裡事由我來處理。」

「原本就是一切由你處理，先生。」我告訴他。

胡海威轉向艾堂木：「知道為什麼我們帶你來這裡嗎？」

「完全不知道。」艾說：「你在開車，我只是乘客。」

胡海威把車停在小餐廳前。「我們來點咖啡。」他說。

「你們是要把我直接送到內華達州去？」艾問。

「是我在開車。」胡說，「你記得嗎？」

「是的，我記得。」艾堂木鬱悒地說。

我們三個人走進餐廳。金髮女侍在櫃檯後面。我們進去的時候，她抬頭看我們。她認識我，笑一笑。她看向艾堂木，臉上肌肉抽動了一下。艾堂木做了個表情，她立即把所有表情自臉上移走。

我看向胡海威，他臉上毫無表情。

我們走向櫃檯，就並排坐在高腳椅上。

女侍向我說：「哈囉，你來回還真忙。」

「我自己也有這感覺。」我同意。

她替我們倒三杯冰水，她的眼睛又一度和艾堂木接觸。

「火腿蛋。」胡海威說：「你們兩位要什麼？」

艾堂木說：「你們對捉住的犯人還相當客氣。是不是——」

「閉嘴。」胡海威說，「你到底要不要火腿蛋？」

「好吧，火腿蛋。」

女侍看看我。我點點頭：「火腿蛋。」

「老伯。」她經過窗口叫道，「三客火腿蛋。」然後又轉身問我們：「蛋是要熟一點，還是生一點？」

「熟的。」我說。

「生一點，完完全全不熟。」艾堂木說。

「熟一點。」胡海威說。

她把我們要的再向老伯說一遍。

「咖啡。」胡海威說。

她拿杯子，給我們每人一杯咖啡。

「見過這個人嗎？」胡海威問她。

她看向我，說道：「當然，他來過一次——」

「不是他——是這個人。」胡海威用大拇指翹向艾堂木。

金髮女侍不慌不忙地看向他，慢慢地搖搖頭。

「是這一個嗎？」胡海威問艾堂木。

艾堂木確定地搖搖頭，「從來沒見過她。」

胡海威把他證件拿出來，向金髮的問道：「你叫什麼名字？」

「喬愛娣。怎麼啦？有分別嗎？」

「也許有。在這裡工作多久啦？」

「六號上午開始。」

「上午幾點？」

「大概十點吧。還有什麼要問的嗎？」

「暫時沒有了。」

她轉身走開，肩背直直的，充滿敵意。

胡海威嘆口氣道：「走一次總比不走好。」

胡海威是累了，他把肘部擱在櫃檯上，頭埋在雙手裡，把眼睛閉上。

我把頭轉向一側，使自己直接看不到艾堂木，但是眼前很遠有面鏡子，我可以觀察他很清楚。

我在看他有沒有向女侍打什麼手勢。

他沒有。女侍好像沒有再和我們說話的胃口。我們大家都不說話。

老伯把火腿蛋拿出來，大家不聲不響吃了，又加上咖啡。胡海威看向我，把眉毛抬起。我點點頭，向女侍說：「我來付賬。」

我付了賬，留一元給她作小費，我們走回汽車。

「要不要我來輪流開一段路？」我問胡海威。

「很想。」他說：「但是這是公家車，出了事不好。」

「我來開，」艾說，「保證平安到達。至少有件事我在行——開車。」

胡海威說：「不可以。」然後疑問地看向我。

「我沒有問題。」我告訴他：「至少可以分擔你一下。」

「好吧，」他說，「把艾放你前座，我在後面休息一下。姓艾的，你不要動歪腦筋，否則叫你吃不完。」

「去你的！」艾說：「你以為我是什麼，殺人放火的？」

我坐到駕駛座，開始開車。兩次想逗艾堂木開口，但是他不理我。

我們到了羅密里。

「現在怎麼辦？」我問胡海威。

胡海威自後座爬起，假裝沒有睡著。他偷偷伸了個懶腰，打個呵欠，看一下四周說：「我們叫醒測謊專家，一起回去。把他叫醒怕不容易吧。」

他在汽車旅館睡，我們進去，他就起來。

我們等他穿衣的時候，胡海威對我說：「雖然你一直推理推得出色，但總會有馬失前蹄的時候。」

「什麼意思馬失前蹄？」我問。

他用頭向中溪河方向彎一彎示意。

「像剛才那種做法，你希望能證明什麼？」

「我一直在注意那女郎。」他說：「她向我們三個一看，眼光就轉向你。假如她認識姓艾的，尤其假如她是那個搭便車的，她至少會有懼怕的感覺。」

「你這樣認為？」我問。

「嗯哼。」他說，「我幹這一行很久了。」

我用大拇指對裝著測謊儀的一個黑木箱指一指，說道，「把這玩意兒用在姓艾的身上試試，看他認識這女侍嗎？」

「等一下，」艾堂木說，「我一直對你們很合作，我現在開始不再和你們合作了。」

「你懂了吧？」我問胡海威。

胡海威仔細看向艾堂木，然後看向測謊專家說，「我們再測他一次。」

艾堂木說：「我什麼問題都拒絕答覆。」

「不管他，把測謊儀給他裝上。」胡海威說。

他們讓艾堂木坐在一張椅子上，把測謊儀綁上。

「上次見你後，吃過東西嗎。」專家問。

艾堂木不開口。

「你的名字是不是艾堂木？」

沒有回答。

「你是不是從中溪河才回來？」

沒有問答。

「在中溪河有沒有見到認識的人？」

沒有回答。

我說：「名字是喬愛娣。」

「你認識一個喬愛娣嗎？」

艾堂木繃著臉不回答。

測謊專家看看紙上畫的紀錄，抬頭看看胡海威，點點頭。

胡海威暗暗在詛咒。

測謊專家說：「艾堂木，你在說謊。看看這裡，看看這些曲線。這代表血壓。

這是你的心跳。看看你的呼吸。你根本認識這個喬愛娣，你認識她得很。看看這些曲線。我問問題的時候，你的反應。」

艾堂木把眼睛看向直前，根本不去看機器上的紙。

胡海威問：「姓艾的，怎麼樣？」

「不予置評。」艾說：「我不和你們這批人講話。」

「你的心跳在講話。你的血壓也在講話。」測謊專家說：「你見過這女人，你們是熟人。」

「喔！」胡海威想起來了，學著艾的聲音說：「生一點，完完全全不熟。」

「去你們的，」艾說：「我至少也懂一點法律，法律規定：任誰都不必做自己的證人，證明自己有罪。」他站起來把身上和機器相連的線都拉掉。

胡海威說：「這一點，你回去的時候，向內華達的官方去說好了。」

「我會的。」艾說。

胡海威走向電話，接卡文鎮的警長。警長來聽電話的時候，他說：「快點，快點去中溪河的餐廳，公路邊上那家小咖啡餐廳。裡面有個金髮女侍，叫做喬愛娣的。把她抓起來，在餐廳給我打電話。我在羅密里，夏宮汽車旅社，二十六號房。你一捉到她就回電……管她，捉起來就行……告訴她，謀殺罪嫌……是的，我就是這樣說的，謀殺！」

胡海威把電話摔下，怒目向艾堂木看去。

「艾堂木。」他說，「我看你是自找罪受。」

艾堂木不講話，也是氣呼呼地坐著。

胡海威向測謊專家說，「把你的東西整一整，中溪河電話一來我們準備。我們等警長把金髮的帶來這裡一起走。」

「假如金髮的還在。」我說。

「什麼意思，假如她還在？」胡海威問。

「沒什麼。」我說。

我們把東西都裝進汽車，回房子等。

過不多久，電話鈴響。胡海威過去接聽。交談了一下，他說：「好，發個通緝令。公路上去找她——謀殺嫌犯。」

他把電話「碰！」一聲放回，轉向我。「跑了。」他說，「我們離開五分鐘，她就開溜了。搭別人便車，不知往什麼方向。」

我說：「沒錯，有人告訴我過，人總有馬失前蹄的時候。」

「這王八蛋的！」胡海威厭惡地說：「只差這一點點，她就在我們手裡……

賴，你渾蛋，你為什麼不早告訴我？」

「你告訴我那邊事要由你來處理。」

「至少你應該知道——」

「不要氣餒，海威。」我說：「這樣也許反而好些。」

「什麼意思？」

「現在你比較可以名正言順捉她。」我說：「在加州逃亡是有罪的一種證據。本來，你對她沒有什麼藉口，假如艾堂木堅不開口，你可能還有麻煩。加州法庭上，測謊結果是不能算證據的。照目前情況，你才算有些憑藉。」

胡海威想想我說的話，突然微笑道：「賴，你假如錯了可以打我屁股。走了，我們大家走吧。」

我們一行開始長途返回貝格斐。

我們回到行政司法長官辦公室時，太陽高照，熱得厲害。全面追查的「路來賽」轎車已被巡邏警察找到。車子被丟棄在加州的橋港，一條公路旁邊。車子經過小心擦拭，上面一點指紋也沒有。

胡海威負責任地和當地警察通話，表示欣賞他們的能力。一面又把那邊的情況告訴我。

「問問他們備胎的情況如何。」我說。

「車子的備胎怎麼樣？」胡海威在電話裡問道。

過不多久，他向我說：「備胎很好，有足夠的氣。」

「千斤頂如何？」

他又向電話問。然後轉告我說：「千斤頂在車廂裡。但是千斤頂的手柄則沒有見到。這是個油壓千斤頂，應該有個鐵的手柄。但他們哪裡也找不到手柄。」

「你說備胎裡氣是夠的？」

「氣是夠的。」

「那麼，一定有個地方讓他把爆胎修好了。」我說。

胡海威瞇上眼睛說：「對極了，唐諾。你的想法好極了。謝謝你。」他放下電話，一溜煙轉到艾堂木前面。

「你這個渾球！」他說：「那個金髮的來找你，告訴你一輛車拋錨在路上。她告訴你只有十里路，又說這男人有錢。你和金髮的開了輛拖車下去，把爆胎補好，兩個輪胎打上氣，然後在這有錢人頭上用千斤頂手柄打上一棒子。把他送到二哩之外拋掉。」

「那另外一個男的搭車客呢？」艾問：「我把他怎麼辦？一起殺了？還是他也

參加我們搶錢了。少瞎扯了，把我早點送回內華達算了。」

「送你回內華達，想也別想！」胡海威說：「我們留你在這裡，這件案子弄清楚之前，你是謀殺案兇嫌。」

「隨便你怎麼講。」艾說：「你反正不能亂扣帽子。」

「我反正會給你點顏色看。」胡海威說：「我們不喜歡在調查謀殺案的時候，在逃的保釋犯對我們說謊。」

「我想我需要一個律師。」艾說。

「你需要好好打一頓屁股。」胡生氣地說：「你一定是給那金髮女郎什麼信號，叫她早點溜了。」

「我根本不認識這個金髮女侍。」艾說。

胡海威怒視看他。

我看向胡海威說：「你有飛機時間表嗎？我要搭第一班飛機去洛杉磯。」

「我們派車送你去機場，賴。」他說：「你對我們不錯。」

「只是馬失了一次前蹄。」

「別提了。」他說：「老實說，我也要在記者叫你說話前，早點把你送走。」

「記者會找我說話嗎？」艾堂木問。

「你想得美。」海威告訴他，又關照他手下說：「把他帶走藏起來。好好藏起來。」

胡海威拿出飛機時間表，看了一下，又看看錶。對我說：「走吧，賴。我還是自己送你去機場。趕快一點，應該趕得上下一班班機。」

第九章　大新聞

我已經很久沒有睡眠了，我幾乎忘記睡眠是什麼味道了。我在洛杉磯機場的理髮店洗了個頭，刮了鬍髭，做了臉部按摩，出來時稍感舒服一點。

我打柏家公寓的電話。柏岱芬的聲音很高興，一點也沒有緊張的情緒。

「我相信他們找到你先生了。」我說。

「金髮的有沒有在一起？」

「沒有。」

她愣了一下，她說：「唐諾，你是不是不敢一下把壞消息都說出來，怕我受不了？」

「是的。」

「不必。」她說：「我喜歡直接了當。」

我說：「你是寡婦了。」

「什麼時候發生的？」

「五號晚上，或是六號一早。應該是兩個搭車客之一，或是兩個人同謀，謀殺了你先生，開走了他的車子。」

「要不要到這裡來，詳細告訴我？」她問。

「從我上次見你後還沒睡過——我忘了床是幹什麼的了。」

「可憐的人。」她同情地說：「來這裡，我給你煮點咖啡。唐諾，我一定要知道詳情……我……我不會哭哭鬧鬧的。我知道會有這種結果……自從……在我找你們之前。我保證不流淚，不發神經。但是我一定要知道你找到的每一件事。」

「我馬上來。」我告訴她。

「我等著你。」

我叫了輛計程車，來到金環公寓，柏岱芬幾乎像是在門裡等著我的。我一按鈴門就開了。

她把手放在我手裡，並沒有急於拿開，把門關上，把我帶進客廳。

「警方還沒有向你報告噩訊嗎？」我問她。

她搖搖頭。

「快了。」我說，「我相信隨時都有可能了。」

「唐諾。」她說，「我該怎麼辦？」

「我不喜歡假裝。我不願意假裝很傷心。事實上馬鍇和我在一起的時候感情不錯。但是我知道他在外面喜歡鬼混。我一直想找出來他玩到什麼程度，是否會影響婚姻。現在他死了。我不知道一般女人怎樣處理這種事。我相信過幾天我會寂寞。我相信我會想他。我會想念他每次出差打電話回家，想念他在電話裡說些只有我們兩個人懂的密語，只是……」

她猶豫著。

「只是，」我說，「你年輕，你美麗，你身材好，你有十五萬元身價。」

「你說會有新的生活方式，在我前面展開？」

「你願意的話，絕對是可以的。」

她說：「唐諾，我是願意的，我會努力去試的。」

我點點頭。

「只是，我如果不坐在家裡幾個月，裝做憂傷不止，人們會以為我沒有良心。而我就是不會這樣做，我最不會做假。我喜歡人生，喜歡歡笑。」

我點點頭。

「唐諾，你對我有什麼建議？」

我說：「警方來通知你這消息時，你告訴他們你已經有心理準備，因為你請的私家偵探已經告訴你，你先生被謀殺了。你不必假裝哭泣。但是因為受驚了，不必表現太精明就可以了，也不必擔心葬禮的時候。再怎麼說他是你先生，到時候你會哭的，每個女人都一樣。」

她點點頭。

「之後，」我說，「我建議你去旅行。你要設法忘掉悲傷。你上飛機，對每個人說你要去歐洲，實際上你乘大郵船去南美洲。郵船上大家知道你是寡婦，但沒人知道你先生死多久了。」

「回來之後又如何？」

「為什麼回來？」我問。

「你什麼意思？」

「這裡有什麼留連的？」我問：「親戚？家庭？什麼？」

「幾個朋友。」

「你和你先生兩個人的朋友？」

「是的，馬鍇是喜歡熱鬧的，他有很多朋友，而且——」

「而且每個朋友要你過他們給你規定的生活。」我說：「有的男人會動你腦筋，有的女人會說東道西——反正你怎麼做她們都有話說。你老在家悲傷，她們會說，『瞧她死了丈夫像天塌下來一樣，她丈夫在的時候對她又不見得太好。悲傷有什麼用，先生會活回來嗎？』」

她兩眼瞇起，在點著頭。

「但是，」我繼續說：「你要是放得開一點，情況會不一樣。你的朋友都是年齡相似一對對的。夾在裡面的你，是美麗有錢的單身寡婦。太太們會嫉妒你，不和你往來，免得先生被你搶走了。如果你向圈外發展，找外面的朋友，她們會說：『老天，小錯的屍骨還未冷呢，她已經等不得了。』如何，如何。」

岱芬一聲不響，想了幾秒鐘，她說：「唐諾，你是對的。我現在覺得當初找你們柯賴二氏私家偵探社沒有錯——」

電話鈴響。她蹙眉看著電話，說道：「你真認為我非常好看嗎？」

「你當然好看。」我說：「我相信你們已婚朋友當中，沒有一個可以和你的身材來比的。」

電話仍在響。岱芬做了個無奈的手勢，站起來走向電話。她拿起電話說，「哈囉。」一過了一陣又說，「是的，我是柏太太。」

她不出聲好多秒鐘，電話那頭不斷傳來聲音，之後她說：「我已經知道這件事了。柯賴二氏私家偵探社的偵探賴唐諾，已經把這件事告訴我了……目前我不太舒服。能不能給我點時間讓我適應一下？我……我現在不想接見人，一切……過幾天再談……我知道，……但我沒什麼好說的。我——好，我請賴先生和你講話。」

她向我點點頭，把電話拿給我。

我拿起電話，一個聲音說道：「我是《論壇報》的賈可法。我們在寫一篇社論，有關一個柏馬鍇被搭便車的謀殺，請問你能告訴我們什麼？」

「沒經柏家許可，我不能說呀！」我說。

「現在可以請求呀，我們一定要這故事。我們又不願去打擾新寡的柏太太。放心——我們不寫很多，至少今天不會要太多。這死者是生意人，有本地背景，不登這消息不行。」

「想登多少？」

「老天，賴，我也不知道，完全看事實本身。故事多就多寫一點，還得看上面殺掉多少。」

我向岱芬看看，用手摀住話筒，問她：「給他多少？」

「一切由你作主。」她說：「交給你全權處理。」

我對電話說：「好，我把事實告訴你。柏馬鍇本月五號開車回洛杉磯。他從卡文鎮給他太太寄了張明信片。他在卡文鎮讓一個男的搭便車者上車，在到中溪河之前，他又讓一個女的搭便車者上車——一個身材好的金髮女郎。他從中溪河又給他太太打了個電話。

「五個小時之後，他太太接到一個女人從羅密里打來的電話。女人說柏馬諧在距羅密里十哩的地方因爆胎留在當地。她會找部拖車去救助他。柏馬諧從此沒有人見到他。過了一陣柏太太擔心了。她打電話到羅密里兩家修車廠，但都告訴她沒有人來要求修車。

「昨天肯恩郡的行政司法長官辦公室，對附近山路詳細一查，發現了一具屍體。我相信現在已被證實是柏馬諧。有人用千斤頂的手柄打破了他腦袋。千斤頂是柏先生自己的。

「車子在全面追查令發出後被找到了。是在加州的橋港附近公路上找到的，車頭向著內華達州方向，警方認為車子停在那裡只二十四小時左右。貝格斐的代理執行官得到一個消息，知道柏馬諧所帶在身上的旅行支票，有一張在雷諾兌了現——以上都是我全部知道的事實。我是從代理執行官胡海威那裡聽來的，他是能幹的好人。」

「對這個曲線玲瓏的金髮女郎，你還能給我點消息嗎？」賈可法問：「聽起來讀者一定會大感興趣的。」

「我本想讓你從貝格斐的代理執行官那裡去挖掘的。」我說：「我和他一起去羅密里的日夜修車廠。有一個叫艾堂木的年輕人在值夜。艾堂木說，在六號早上他沒有見到什麼人來廠要求他出去修車。代理執行官給他做測謊試驗。發現他在說謊。

「然後艾堂木自認六號早上五點鐘，那個曲線好的金髮女郎有來按修車廠的門鈴。她要求他開車去十哩外修車。艾堂木決定先煮些咖啡，邀請她共飲。她和他共飲咖啡，等咖啡喝完，兩個都覺得再派車子下去已經遲了——柏馬鍇要不是設法把備胎打好氣了，就是電請另一家廠修車了。」

「好極了，有趣極了。」賈可法熱誠地說：「這玩意兒給我們再寫時會越寫越多的。你看這個標題如何——『修車人魂迷金髮妖女，搭車客謀殺洛城富商』。」

「有一點你要小心。」

「哪一點？」

「你怎麼知道不是你的金髮妖女謀殺他的？」我說。

「她當然不會謀殺了他，又跑去修車廠要派車回去。」

「怎麼知道她不會？」

「想想就知道了。」他說：「修車的會發現屍體，金髮的自然會被捉去詢問。」

「你怎麼會想到修車的會發現屍體呢？」我問：「屍體並不在她說柏馬鍇爆胎的地方。」

「那麼那另一個男搭車客一定已經開車把屍體搬開拋掉。」

「可能，」我說，「另外有一點，你別忘了。那女人打電話給柏太太是柏馬鍇從中溪河打電話給柏太太五個小時之後，這代表五個小時內他只走了五十哩，每小時十哩——從時間上計算，本案有一個大疑問在那裡。」

「另外一位便車客，你能不能告訴我一點？」

「也許他被謀殺了。」我說，「目前他們只發現一具屍體。我們知道，金髮搭車客是在後座——柏馬鍇告訴太太的。」

「哪有這種事！」賈可法說。

「還有，」我繼續說，「柏馬鍇看得出是在車外給人用千斤頂手柄打死的。所以，一定有人先要打開後車行李箱，拿出千斤頂。你看，為什麼他們要打開後車廂？」

「這個容易。他們不是爆胎了嗎？至少女人是這麼說的。」

「但是，」我說，「車子在橋港發現時備胎有氣，沒有爆胎的跡象。」

「人是被謀殺的——沒有錯吧？」

「當然，是一件謀殺案。一個人總不能用千斤頂的手柄把自己後腦打扁來自殺吧？有的是其他好辦法呀。」

記者想了想說：「嗨！你給我太好一個大故事了！我想我要跑一次貝格斐，打聽一下，照幾張相了。」

「你既要自己去，我乾脆再幫你個忙。」我說：「你該到中溪河一家餐廳，訪問一下失蹤的金髮女侍者，餐廳老闆叫任珊珊。」

「那個失蹤的金髮就是那個金髮嗎？」

「貝格斐的代理執行官會告訴你的。」

賈可法的聲音大大興奮。「嗨！」他說，「這個真的是個大新聞。那個金髮的到底和修車的在車『窩』裡混了多久，才……」

「誰說他們在『窩』裡？誰說他們在『混』？」

「他們一起坐在修車廠裡——他們做什麼——喝咖啡？」

「我怎麼知道？」

「修車的怎麼說？」

「他說謊了。」

「之後他又說實話了？」

「是的。」

「他說他們在做什麼？」

「我認為官方對這一段情節並沒有深入——至少我離開的時候，他們沒有想到要追究，也許結案之前會弄清楚。再說艾堂木是個有前科的人，他在內華達犯罪保釋中，他逃掉離開，用假名字在工作，內華達的保釋委員會正在找他。」

「老天！」賈可法說：「這案子我——們可以用整版了。裡面有性、懸疑和謀殺。嗨——你說他自己打電話給太太，到女人打電話給他太太，中間有五個小時間隔？」

「是的。」

「也許她是和修車的鬼混完了才打電話的？」

「也許。」

「有差別嗎？」

「時間因素上，差別很多。」

「你說，從柏馬鍇身上偷掉的支票，有張在雷諾兌了現？」

「是的。」

「男的還是女的？」

「男的。」

賈可法說：「那麼是那個男搭車客幹的好事。」

「不一定，也許是大家分贓的。」

賈可法想了一想，說道：「真是多謝又多謝，賴。你給了我一個太好的真實故事。」

「你要真感激的話，請你不要忘了，偵探社的名字是『柯賴二氏私家偵探社』，我們的辦公室在——」

「別傻了。」他說：「我又不是昨天生的，你幫了我這麼大一個忙，我會感激的。你會在報上見到你自己的照片，說是賴唐諾，那個偵探社有腦子的偵探，在警方發現屍體的時候，他也在場，我們做了專訪，又如何，如何。」

「滿不錯的。」我告訴他。

「你意思是我們可以合作，有什麼發展你會告訴我？」

「打電話到我辦公室，可以找到我。」我說：「找我也可以，找我合夥人柯太太也可以。總找得到的。」

「謝謝你，唐諾。」他說，把電話掛斷。

柏岱芬一直奇怪地看著我，「唐諾，你故意要把這件事弄成個大新聞。」

「不是我。」我說，「是記者。」

「但是，你給了他很多資料。」

「你說可以。」

「你沒說會給那麼多。又說到金髮的在車廠裡和修車的鬼混，混過了派車的時間。」

「我還沒有機會和你詳細說實況呀。」

「好吧，你現在來說吧。」她拍拍自己坐的長沙發說。

我走向一張椅子，坐下。

她故意做個失望的表情說，「我以為你——我希望你——你時常拒絕客戶的邀請嗎？」

我站起來，走過去，坐在她邊上。她為我倒咖啡。我喝咖啡的時候，她問，「餐廳裡失蹤的金髮女人怎麼回事？」

「她可能就是神秘的金髮便車客。」我說：「她可能搭便車去羅密里，打電話給你，走去車廠找修車的。過了一陣，她良心發現了，又搭便車回頭，去看你丈夫是否還在路上苦候。」

「她沒見到我丈夫的車，又如何？」

「於是她直奔中溪河，走進餐廳弄杯咖啡喝。餐廳女主人請求她留下幫她工作，她決定留下。」

「這樣說來，她不是謀殺案的兇手？」

「可能不是。」

「那麼你認為是那個男便車客幹的，唐諾？」

「我不知道，我還沒確定。」

「馬錯告訴我，女的是在後座。」

「我告訴記者時，已強調這一點。」我說。

我喝完咖啡，把杯子放下。

「你真可憐。」她說：「看你睏死了。」

「睏極了是真，死倒還沒。」

她把手臂放我肩後，把我拉向她一點，讓我頭靠她肩上，用另一隻手摸摸我頭髮說：「你就這樣休息一下吧。」

我把頭靠緊她，我說：「這只是報館記者，還有警方沒有來，他們應該很快就過來——」

「來這裡？」她問。

「當然。」我說。

突然，她把我推開。「唐諾。」她說，「你該回家睡覺了。」

「好主意。」我同意地說。

她站起來，笑著表示再見。「不要忘了我哦！」她說。

「不會的。」

「你會回來？」

「有新發展，我就回來。但是我們的工作算是完成了。」

她對我這句話品味了一下，說道：「是的，我想已經完成了。但是……我不願意我丈夫的謀殺案變懸案了。」

「警察正在設法破案呀。」我說。

「是的，我知道。」

她走向門口，猶豫了一下，看向我說：「我真高興找了你們這家偵探社。告訴我，唐諾。屍體身分辨認會有困難嗎？」

「這要看屍體變壞的程度，我認為他們還可以取到指紋。至少證明身分應該還可以。你丈夫服過兵役嗎？」

「有。」

「那麼他的指紋是有底案的，我相信保險金沒問題。」

「唐諾。」她看著我的眼，微笑著說，「不要以為我輕浮，但我對你很感激，不單是為了偵探工作，也因為你對我很好。」

她輕輕吻我一下。打開門，讓我離開。

第十章　美金三百元

我開車來到鄧家住的公寓。

鄧仙蒂開門，把她的手伸出來。我聽到她媽媽鄧依玲的聲音說：「仙蒂，是誰呀？」

「賴先生。」

仙蒂的媽媽走向我。「喔，賴先生。」她滿眼淚水地說。

「怎麼啦？」我問。

「你從雜貨店幫我們的忙——你不必這樣做的。我們……我很難告訴你我們多感激。你太慷慨，太好心……」

她有點泣不成聲了。

「別提這件事。」我說：「有沒有蓋亞莫的消息？」

「發生了一件最奇怪的事。」她說：「我都不知該怎麼辦。」

「說說看。」

「有一張通知單給我，說是有一位王雅莫電匯給我一筆錢，叫我去電信局拿。他們問我王雅莫是什麼人——幸好我沒告訴他們我不認識什麼王雅莫。我告訴他們姓名可能譯錯了。他們問我有沒有概念王雅莫會匯給我多少錢。我說應該是三十塊錢，他們笑著說是三百塊錢，而且不必回條。他們說為了安全計，還是要我簽個名。」

「什麼時候的事？」我問。

「昨天下午。」她說。

「之後呢？」我問。

「之後他們拿出一張匯票，叫我在背面簽了個字，就給我三百元現鈔——賴先生，這一定是蓋亞莫，不會是別人——」

「從什麼地方匯出的，你知道嗎？」

「不知道，我——等一下，我知道。是在沙漠裡的一個地方……教主城，那地方的名字。」

「噢。」我含糊地說。

我從口袋裡拿出柏岱芬穿了比基尼和她丈夫穿了泳褲的照片，交給鄧依玲看。

依玲吸口氣道：「這個女人是誰？賴先生，你看她沒……」

「這一點不重要。」我說，「這個男人是什麼人？」

「男的當然是亞莫叔。」

「我來看看。」仙蒂擠向前說。她媽媽伸出一個手掌，把她認為沒穿衣服的女人用手掌遮住。

「媽，這真的是亞莫叔！」仙蒂說：「我從未見過他穿游泳褲。」

我輕輕地把照片從鄧太太手裡抽出來。

「你能告訴我這張照片你從哪裡來的嗎？」她憂心地問。

「目前不行。」

「我……我在想這是什麼時候照的。」

「我認為，」我說，「這是照著玩的。這個男的真是蓋亞莫，一定不會錯嗎？」

「老天，不會的。有一點……你知道照片都這樣的。但是——」

「當然，看照片有時會看錯的。我只是想問你認識他嗎？」

「當然……我幾乎可以確定他是蓋亞莫，但是我不瞭解，他跟這樣一個女的……」

「什麼女的？」仙蒂問。

「寶貝，我是說照片裡的女人。她的泳衣很大膽。」

「我能看看嗎？」

鄧太太猶豫一下，向我點點頭：「我想也沒什麼不可以。」

仙蒂仔細思慮地看這張照片。她說：「媽。這種泳裝比一般的要貴得多。亞莫叔沒錢過這種生活。」

「我們不知道他在哪裡照的呀。」鄧太太說。

仙蒂深思著。「我不能確定，媽。」

「什麼？」

「不能確定這就是亞莫叔。那雙眼睛——不像是亞莫叔。」

鄧太太拿過照片，又仔細看。她轉向我問道：「是不是蓋亞莫？」

「老實說。」我告訴她，「我不知道。我覺得有一點像，所以我拿給你看看。」

「實在太像了，」她說，「但……你有理由相信這不是蓋亞莫嗎？」

「是的，」我說，「有絕對的理由相信照片上的人不是蓋亞莫。至少不是你們認識的蓋亞莫。」

她嘆口氣，把照片交還給我。

「我是說他不會和這樣一個女人在一起照相。」她說。

大家一時之間都沒有開口。

「賴先生，這一大筆錢我們怎麼辦？」

「花呀。」我說，「儘管大大的花，現在就去多買一些能存的日用品和糧食、罐頭呀什麼的，不會壞的多買一點。把下個禮拜要用的雞蛋牛奶都買齊，能用的都用，只要不浪費就行。」

「為什麼？你有亞莫叔消息嗎？」

「可以說有。」我說。「可以說而已。」

「能給我說清楚點，是什麼意思嗎？」

我說：「我相信你們的亞莫叔目前情況不能每個月給你們幫助，所以他寄一筆錢來，讓你們要用的時候不會太缺錢。」

「但是，你為什麼叫我大量花錢買食品？」

我說：「我不知道，只是我的想法，希望你照做。」

「什麼時候？」

「現在。」

「但是我看不出原因，賴先生。」

我說：「有人也許覺得這筆錢錯送給你了，要想要回去。他們可以扣留鈔票，但不能扣留食品。」

「為什麼有人要扣留鈔票？」

「喔，可以說這是一種特殊情況——這樣說好了，要是亞莫認為沒有問題的話，他何必用假名給你匯款呢？」

「我懂了。」

「所以，照他的意思，把鈔票全部投資在食物上，不會有錯。」

「但是亞莫叔是絕對不會做犯法的事的，他不會用不屬於他的錢。假如他給我們錢，為什麼他——」

「當然，當然，假如你不百分之百知道這筆錢是沒問題的，你是不會使用它的。所以我建議你用完它。」

「但是，賴先生。假如這筆錢有問題——我不願意用它。我要留著原封不動退回。」

「退回給什麼人？」

「給……給亞莫。」

「亞莫要你把這筆錢投資在食品上。」

她仔細看著我。「你想告訴我，你知道亞莫的心意？」

「我想告訴你，我知道亞莫心裡一定在希望的事。」

「你一定見過他了。」

我說：「我特地過來給你一些建議，穿上衣服出去買東西。花一百塊錢去買罐頭、主食，能放不壞的東西，多買點肉和蛋。多下來的錢付給醫院做住院費，早點開刀，今天就去付錢。現在就走。」

鄧依玲想想我說的，突然站起來，說道：「現在去？」

「現在去……之後就去把醫院住院費也付了。」

仙蒂走過來扶住我椅子。「你見到亞莫叔了嗎？」她問：「亞莫叔還好嗎？」

我說：「大人有話不能隨便講，仙蒂。但是我想得到他現在身體健康，可能有苦衷暫時不能來看你們。」

「因為做生意的原因？」

「可以這樣說。」我說。

「他在做開礦生意，不要人知道他在哪裡嗎？」她問。

「我不敢肯定這是理由。」我說，「假如我是你，我不去探討這件事。我會陪媽媽去買東西和早點催媽媽開刀。」

「你會和我們再聯絡嗎？」依玲問。

「當然，」我說，「而且你也知道我在哪裡。只是你打電話的時候，一定要找我個人，假如我不在，不要說你是什麼人。除了我，其他什麼人也不要講這件事，懂了嗎？」

她點點頭。

「好了。」我站起來，伸展一下身軀，打了個呵欠：「我要走了。我一直忙著工作，好久沒睡覺了。」

「為了這件案子？」

我大笑說：「我們有很多案子。」

「賴先生。我用這筆錢付你一點費用可不可以？」

「不可以。」我說：「再說，你該忘記曾經見過我，也忘記到過我們偵探社來。」

「但是我不會說謊。」

「當然不要，也沒有人叫你說謊。只是忘記這件事。除非有人指名道姓特別問到這件事，否則不必主動回答。萬一有人問起，你也據實回答，你並沒有僱用我們替你做任何工作。仙蒂試過說服私家偵探去找亞莫叔，我的合夥人柯太太已經拒絕說我們無法幫忙。你記得嗎，仙蒂？」

她點點頭。

「所以，我做的任何事都是朋友關係。所以，任何人問你有沒有請私家偵探，你可以說老實話——沒有。事實上，你沒有僱任何人辦事。」

「但是，為什麼要如此神秘兮兮，我們沒什麼不可告人的呀？」

「有的時候，」我說，「最好你不要太主動提供消息給別人，因為這些人最後可能是亞莫叔的敵人。他們也會斷章取義，曲解你講的話來傷害亞莫叔。我認為這就是你必須特別小心，不要主動說出消息的理由。不要忘了馬上去醫院。」

仙蒂困惑地看著她母親，依玲想想我的話說：「好的，我想你是對的。」

「媽媽，我不懂。」

「要記住賴先生告訴我們的話，仙蒂。我們對任何人都不開口。我們現在就出去，去買東西。」

「我走了。」我說。

「你回你辦公室，是嗎？」

「是去辦公室。」

「你沒有告訴你合夥人有關……我們的事？」

「什麼合夥人？」

「柯太太。」

「喔，柯太太是我工作上的合夥人。」我說：「我到這裡來是以朋友身分來的。我為你們做的任何事都是公餘以朋友身分做的，沒有收費，合夥公司也沒有任何記錄。記住，你從來沒有聘僱過私家偵探。」

我向她們笑笑，走出來，開車回辦公室。

我直接走進柯白莎的私人辦公室。

柯白莎坐在辦公桌後，手裡拿著我從卡文鎮寄回來的明信片。

她向上看，看到我，突然一驚。

「什麼鬼主意？」

「什麼主意？」

「從卡文鎮給我寄明信片來？」

「我以為你想知道我到哪裡去了。」

「你到哪裡去關我屁事！我想知道的是，你在幹什麼？」

「好吧，我寄張明信片，為的是告訴你我在幹什麼。」

「為什麼用明信片？」

「因為是免費的。」

白莎嗤之以鼻：「少給我貪嘴。柏家的案子有發展嗎？」

「我們找到他了。」

「和金髮女郎在一起？」

我搖搖頭。

「死翹翹了？」

「是的。」

「怎麼死的？」

「有人用千斤頂的手柄把他腦袋打開花了。」

「他奶奶的。」白莎說。

「可不是嘛！」我說。

「什麼人幹的？」

「你自己來選。」我說：「可能是男的或女的兩個便車客之中的一個。也許，兩個人共謀，也可能是一個叫艾堂木的小子，他在羅密里一家修車廠值夜班，他可能開輛拖車去修車，修好了想敲竹槓，和姓柏的吵了起來，順手拿起千斤頂手柄把他打死了。看到他有錢，就乾脆把屍體給拋了。反正什麼都可能。我們不是受僱去找兇手的，我們是受僱去找受害人的。」

「我們找到他了？」

我點點頭。

「有沒有什麼問題？身分證明確定了嗎。」

「我想沒有問題，還來得及取指紋。」

「你告訴我們的客戶了？」

「我告訴她了。」

「獎金拿來了？」

「還沒有。」我說：「我們等警方宣佈身分證明沒有問題也不遲。反正屍體是我們找到的，我們任務完成了。」

電話鈴響。柯白莎的鑽石戒指跟了她的手劃一個半圓拿起話機說：「哈囉……是的，我是柯白莎……賴唐諾……《論壇報》？好的。」

她把電話給我：「《論壇報》來的。」

「賴？」賈可法的聲音。

「是的。」

賈可法說道：「賴，你給過我一次大恩惠，所以我現在要回報一下。」

「好得很，」我說，「是什麼？」

「警察已經捉住了一個嫌疑犯，說是柏馬鍇案子的。」

「線索可靠嗎？」

「鐵證如山。據警方說一切齊全了。」

「是什麼人？」我問。

「這傢伙名叫蓋亞莫。他在摩荷夫搭便車想回洛杉磯，被警方逮住。他們本來只是常規問問，他的回答引起懷疑，他被帶回去證明身分。」

「他現在在哪裡？」

「去貝格斐的路上。一定會大轟動的，所以先告訴你。」

「謝謝。」我告訴他，把電話掛上。

我轉向白莎，我說：「現在開始柏家的案子由你自己接手，白莎。只剩下收錢了。」

「你要去哪裡？」

「貝格斐，而後去雷諾。」

「為什麼？」她疑心地問。

「我要到貝格斐去把一輛租來的汽車還掉，然後到雷諾去把公司車開回來。」

「一輛租來的車？」白莎大叫道。

「是的。」

「老天！」白莎說：「我們時間那麼充裕，你為什麼不搭巴士要自己開車呢？再說你根本不應該有車再去租車用。」

「可以省時間呀！」

「公司車在哪兒？」

「內華達州的雷諾。」

「你到雷諾去做什麼？」

「調查柏家的案子。」

白莎眼睛冒火地問：「用掉了多少開支款了？」

「差不多全部。」我說。

白莎一下癱在椅子上。「我就知道你。」她說，「我一直不贊成你一下把開支款都領出去放在身上。我知道你身上有錢不用完連睡覺也不安寧。你老說要交費用表給我，我到現在好像一次也沒有見過。」

「開支費使用不完的，你自己留下還是交還給柏太太？」

「別傻了。」她說，「開支款為什麼要交還給她？」

「為什麼不交還？」

「第一，有你在開支，從來就沒有用不完的。」

「但是，你反正不會交還柏太太的。」我說：「柏太太希望我們為了辦案順利，不要吝嗇開支的。所以幸好我們沒有剩餘的。」

白莎給我的歪理氣得不知怎麼駁我才好。她問：「你要去貝格斐，然後去雷諾？」

「是的。」

「然後從雷諾把車子開回來？」

「嗯哼。」

白莎說：「即使拿到獎金，這件案子油水也不多了。」

「結賬的時候不要忘記，從我離開辦公室去看柏太太，一直到我回到辦公室，每天要出差費，有一天算一天。」

「我什麼也忘不了。」白莎說：「你為這件案子再也不要花任何費用，到了雷諾千萬別賭錢——我打賭你花了不少冤枉錢在雷諾。」

「我不會。」我說。

「你說你看到那麼多賭的方法，一毛不花也沒試試運氣？」

「當然。」我說：「我只花鈔票看沙漠艷景。」

「那是什麼玩意兒？」

「你拋二毛五進去。」我說：「從一個西洋鏡裡你看到沙漠的破曉、晨曦、日出。你看到一個美女躺在仙人掌下，全身什麼都沒有穿，只有條紗巾。一陣風吹掉紅色紗巾，燈光就熄了。」

「你花二毛五，就看到這些個？」白莎詰問道。

「一元錢。」我說：「我試了四次，看他們緊要關頭會不會忘記熄燈。」

我輕輕走出辦公室，讓白莎無言地坐在那裡。她太生氣了，一時找不到恰當的話來回。

第十一章　後視鏡背後的指紋

我到了貝格斐，為了要等我的朋友——郡行政司法長官辦公室在貝格斐的代理執行官胡海威——從摩荷夫把他的犯人解回來，只好放緩腳步。行政司法長官辦公室批准了租用一架專機，直接把蓋亞莫從教主城飛到貝格斐來。

在此之前，他們曾用一切方法在摩荷夫想叫他開口。機場裡有新聞記者、攝影人員，但都是當地電台、電視台和報紙的。只有我的朋友賈可法是代表洛杉磯《論壇報》的。

我看著飛機落地進場。蓋亞莫看向我，我不做認識的表示。他把雙目向前直視。代理執行官和警長停下來，把蓋亞莫放兩人當中，上鏡頭。他們把他的兩隻手分別銬在那兩個人的手上，所以他無法舉起任何一隻手來擋住臉部。

他們把蓋亞莫直接送進監獄。然後在辦公室開記者招待會，我也有幸參與會議。

胡海威是發言人。

「本案的序幕，是因為一位私家偵探來報告發現一具無名屍體而揭開的。私家偵探賴唐諾，從洛杉磯來這裡，主要是調查一件保險案子。

「本辦公室立即到達現場，結論——這是件謀殺案。感謝我們設備完善，技術新穎的化驗室，幾個小時之內，我們就確定了這具屍體是洛杉磯的商人柏馬鍇。

「屍體身分確認後，我們進行得就很快。柏馬鍇是在五號晚上或是六號清晨失蹤的。他開的車是『路來賽』，牌號ＮＥＦ八〇一。我們一面發佈對車子的全面追查，一面從其他各方向進行破案。

「一名主要證人，住在羅密里的艾堂木，因為一再說謊，被本辦公室發現是內華達州保釋脫逃犯，現在因為這個罪名在押。

「測謊儀發現艾堂木對本案某一部分事實是知情的。他已經承認的供詞中，也許夠，也許不夠，起訴他是幫兇。

「各位記者可以登出來，我們目前正在追查一位金髮女人，她曾在中溪河一家餐廳工作，時間是六號上午開始，到不久之前。女人使用的名字是喬愛娣，大概二十五歲，五呎三吋到五呎四吋高，一百二十到一百二十四磅重。她可能本來是褐色頭髮，染成金色的。在餐廳她的工作是女侍，由於開始工作的時候她已經沒有錢，預支了部分薪水。匆匆逃亡的時候又沒領薪水，所以我們研判她會立即找工作做。

「她和這件謀殺案真正關係尚未得知。但我們確知柏馬鍇於被謀殺當晚，在卡文鎮到中溪河之間的公路上，讓一個合乎那女人形容的女便車客上車。

「我們發出去追查NEF八〇一『路來賽』的命令，立即有了成效。加州公路巡邏隊發現這輛車停在橋港鎮外公路上，車頭向內華達州方向。把車留下的人，以為自己聰明。事實上我們內行一看就知道他是從內華達州開車進加州來的。他把車從公路開上右側路肩，如此他才能從兩線的較窄公路迴轉向來的方向，下路肩的時候，輪胎上帶了未鋪路面路肩上的泥土和碎石，雖然他又向前走了一百碼左右，但是內行看起來清清楚楚。那是裝出來的開車向雷諾，汽油用盡了。

「油箱是一滴油也不剩。但是油箱底上漏油的螺絲上有新鮮的工具印子。我們也找到了漏掉油的地方。油放光後，車子就靠化油器裡剩下的油，走了一段不遠的路。

「車子裡外曾被最後一個使用人仔細擦拭，所以我們的專家找不到一個有利的指紋。但是擦拭的人以為每一個可能留指紋的地方都擦拭過了，還是百密一疏，有一個地方他忽視了。他擦了儀器板、方向盤、排檔、門把手。但是他忘記了一上車曾經調整後視鏡。後視鏡的後面清楚地留下右手三個指紋，其中兩個清楚可用。專家發現，這兩個指紋毫無疑問是屬於今日被捕的蓋亞莫的。

「因為我們對柏馬鍇從卡文鎮加油站准許上車的男便車客，有詳細的形容，所以我們通報蓋亞莫的樣子，而且特別集中注意力在橋港向南的地區。由於他希望警方相信他是朝北走的，當然他是在朝南走。

「另一組一位幹員查了一下加州和內華達州，州界上的農業檢疫站，他們記得有輛『路來賽』，開車的就像我們在找的那個男便車客。所有在教主城、摩荷夫和蘭開斯特的警察，都通知到在找一個便車客，他們都知道這個人的樣子。

「蓋亞莫之外我們一共找到了七、八個相似的搭便車客。每個人都查了指紋。蓋亞莫的和『路來賽』後視鏡背後所留指紋完全相同。蓋亞莫保持靜默，拒不開口，只說在見到律師前，他不願意開口說話。

「今天可以發表的大概都在這裡了。什麼人有問題？」

一位記者說：「你們會不會給他機會請個律師，或是一定要叫他開口？」

胡海威說：「我要糾正你說的『一定要叫他開口』。我們的說法是，假如他是無罪的，我們會給他一切機會，讓他表達他的無辜。」

「為什麼不讓他見律師？」

「訴訟程序中，任何一個階段，他都有權和他律師會商。」胡海威有風度地說，「但是在正式以謀殺罪名把他收押前，因為還沒進入訴訟程序，他可能無權用電話請律師。」

「照你這樣說，還要多久才可以呢？」賈可法問。又加一句道：「我是從洛杉磯《論壇報》來的。」

「我們也不能確定。」胡海威說。

「換句話說，你是用謀殺嫌犯名義找到他的，但是目前故意不用謀殺嫌犯名義收押他，是嗎？」賈可法問。

胡海威不回答他問題，但是說：「我們已經請卡文鎮一個加油站的作業員，來這裡認人了。我們確信蓋亞莫事後在開柏家的車。」

「柏馬鍇帶在身邊的東西如何？」

「在他身上我們沒有找到屬於柏馬鍇的任何東西，但是在他身上，我們找到一千多元的現鈔，而我們知道柏馬鍇在外出推銷的時候，身邊經常帶著大量錢財。

「各位記者老爺，現在，我們知道的差不多都告訴你們了。我們還會和你們聯絡，在卡文鎮，柏馬鍇讓搭車者上車的那位加油站服務員任蘭可馬上就會到來。蓋亞莫是不是那個搭便車的男人立即可揭曉，我們會告訴你們的。」

賈可法一下把他筆記本闔上，跑向電話，把故事一五一十地告訴新聞重寫員。其他的人，因為都是當地記者，他們不急。他們等截稿時間，看看這段時間應有的發展。

這是一段真空的等待時間，辦公室裡只有閒談。

我找到胡海威，偷偷地問他：「有沒有查出來，這傢伙這一段時間躲在哪裡？」

「沒有——賴，我知道你對這件案子知道很多。你在調查這件案子，再給我一點好處，好嗎？」

「我不知還能給你什麼好處。」我說，「至少目前沒有。你們繼續要讓他說出來，萬一不行，我也許可幫點忙。」

我離開他，走向還在電話間裡打電話的賈可法。

看他快要把電話掛上的時候，我敲敲電話間的玻璃門。

賈可法把門打開。「有新消息嗎，唐諾？」他問。

「一切消息都在你們自己的檔案裡。」我說。

「有什麼？」

「蓋亞莫是個大新聞。你們的海瑪琳什麼都知道。」

「她知道什麼？」

「蓋亞莫是一筆大概五十萬到七十五萬信託遺產的繼承人。再過兩個禮拜，這筆遺產就全部歸他——除非他被判定犯有重大刑罪。在後一種狀況下，全部遺產會捐贈給很多不同的慈善機構。這些機構會買你們報紙，仔細看這件好消息的。」

賈可法眼睛睜大到快掉下來了。「真有此事？」他問。

「問你們自己的圖書館。」我說：「打電話找海瑪琳問。」

賈可法回向電話，情緒過於激動，幾乎不易講清楚。他向電話喊道：「等一下……這又是一個大故事……大家會有興趣的。戲劇性、懸疑性、趣味性。老天！把我轉給圖書館的海瑪琳，你自己也用會議線路聽著，好好聽。」

過了幾秒鐘，他說：「哈囉！瑪琳？是賈可法。我在貝格斐。我在和一個私家偵探叫賴唐諾的談話——他說他認得你。……嗯哼……喔，是的……我們在找一個名字——蓋亞莫。你有，你都有？好極了，把它交給重寫的人。所有的資料……太棒了。受不了，要擠掉好多別的新聞了！嗨，是的……吉姆……你也聽到了……你自己去從瑪琳那裡拿資料。老天……是的，天大的新聞。多放幾條腿出去，我們大幹一場。去拜訪一下蓋亞莫失去繼承權之後，會拿到錢的機構。找到那個受託人——叫什麼名來著？……喔，普求美……管他叫什麼……找到蓋亞莫住哪裡？有什麼朋友？平時都做些什麼……喔，真好。當然這件案子是死案子，一切都無法挽回。問題是這樣大一個輪子，他們轉得動轉不動。這件案子有沒有辦法在兩個禮拜之內判決。假如判決不下來，蓋亞莫就三十五歲了。錢都是他的了——我們是獨家頭條新聞。……聽著，我泡上去了，我要睡在這裡等消息。下一個消息是我告訴過你的任蘭可來指認。姓任的是卡文鎮加油站服務員。他隨時會到。」

賈可法用舌頭濕潤一下嘴唇，一面靜聽對方說話，然後他說：「是的，不錯。有一件事你們聽好。行政司法長官辦公室這件案子辦得蠻漂亮。但是大部分的成績是因為一個私家偵探叫賴唐諾提供了他們消息。賴唐諾是洛杉磯柯賴二氏私家偵探社創辦人之一。他對我們非常好，要不是他，我沒有這個獨家新聞。聽著，我要我們下一版報紙就獨家出來，然後這個新聞值得電傳其他大城市。」

賈可法走出電話間，捉住我右手上下猛搖。他說：「真是條鯨魚一樣大的大新聞。而我們現在坐在這山頂上——地方版主編還不太贊成我來這裡。我告訴他我直覺這會是比他想像大的新聞。而現在，現在我們在山頂上，有這樣大一個獨家新聞，不把各對手報紙急得跳腳才怪。」

「那很好。」我說。

「相信我，唐諾，你不會吃虧。他們還會派兩個記者過來照相和幫忙，我們在今年最大的地方新聞的頂上，我們會好好炒一炒。」

「他們什麼時候會到？」

「他們儘快乘飛機趕來。」他說。

「好吧。」我說，「只是要記住一件事。」

「什麼？」

「蓋亞莫的事不是我告訴你的。」我說，「是你自己在報屁股裡找到的。」

「老天，你把好處都讓給我？」

「我不要好處。」我說：「我只要宣傳。但是我不能讓胡海威不高興——認為我沒有告訴他。我更不能讓洛杉磯其他報紙認為我不夠意思，給你們獨家新聞打擊他們。」

賈可法一掌拍在我背上，那麼重，使我眼花了兩秒鐘。「唐諾，」他說，「你真夠朋友。你最『阿莎力』。你要宣傳！我要使全世界知道你得到了宣傳！」

「好極了。」我說：「我得到我要的宣傳，《論壇報》因為能幹的記者和地方版主編，一看到蓋亞莫的名字，立即知道到圖書館去查報屁股，所以才有這樣好的故事分享讀者。」

賈可法對我說的話想了一下，潛回電話間，拚命地撥長途電話。

我走向樓下，去找杯咖啡喝。幾分鐘後，任蘭可到了，他是自己開車來的，但是一路由警察摩托車開路，從卡文鎮保護過來。

他直接被保護到監獄。監獄裡行政司法長官辦公室，找了些人列了陣叫他來指認。然後胡海威立即又召開記者招待會。

「好了，各位朋友。」他說，「現在一切都湊合齊全了。任蘭可說，一點問題也沒有，蓋亞莫是五號晚上在加油站要求搭便車，上了柏馬錯車子的人，因為他有這傢伙的一個號碼。任蘭可曾讓他在加油站裡坐不少時間。」

「一個什麼號碼？」一位記者問。

胡海威神秘地笑笑說：「假如我要你們知道，我會告訴你們的。」

「我們自己去找任蘭可訪問，也可查得出來。」記者說。

「當然可以。那樣你是從他嘴裡聽到，不是從我嘴裡聽到。再說你暫時會有一段長時間訪問不到他。」

「為什麼？」

「我們把七個人列陣叫任蘭可指認。他一點猶豫也沒有，一下子就把蓋亞莫指出來了。我們因為有把握，所以把整個過程拍了錄影帶。在影片沒有沖洗出來，在他沒有給我們一張書面聲明之前，我們有很多理由要暫時不讓他見客。

「還有，任蘭可他做事非常小心，他把帶蓋亞莫走的汽車號碼記了下來。這個車號就是柏馬鍇『路來賽』的車號。」

「蓋亞莫怎麼樣，招供了嗎？」

「還沒有，還堅持要個律師。」

「你們會准他請一個嗎？」

「我們會給他機會打電話找一個。我們已經告訴他，不論他想請哪一位律師，我們一定給他把信帶到。問題是他不認識任何一位這裡的律師。應該有人教教他才行。」

「他身上那些錢可以用來請律師嗎？」

「錢已經封存起來做證據了。」

「你們能證明這是姓柏的錢嗎？」

「我們不能證明。但和證明也相去不遠了。」他說：「我再對各位保證一點。我們對他的罪已經收集到全部確定完整的證據了，將來定罪是沒問題的。」

電話響起，胡海威拿起電話，說，「哈囉。」聽了一下，又說：「好的。」

他掛上電話，對所有記者說：「好了，各位，這傢伙指定了一個特定的律師。他要我們代為傳話吉高溫律師，要吉律師馬上到監獄來看他。」

所有記者一陣風擠出門去，他們要先到監獄，要在吉高溫律師進去前和出來的時候訪問他。

胡海威轉向我，「你要不要和這傢伙談談，賴？」

我說：「你允許的話，我是想和他談談。但是我不想代表你去和他講話。再說談話結果我也不會告訴你。算了，不談也罷。」

「可以找個地方給你和他私人談，怎麼樣？」

「當然，」我說，「房間裡從東到西都是竊聽器。」

「那有什麼關係呢？」

「我不願意。」

「我以為你是我們這一邊的人。」

「我一直給你情報。」

「我也對你不錯。」

「那麼我們兩不相欠。」

「記住，在這裡，不論你要什麼，找我開口就行。你是好人，賴。」

「謝謝。」我告訴他，下樓，叫輛計程車去機場。

第十二章　真正的家

開車從薩克拉曼多去雷諾——要經過峰巒起伏的內華達山脈的頂上，下去通過隘口，繞過湖泊，可以說是公路的盲腸瓶頸，也是開車人的夢魘。但是坐飛機過去，三十分鐘就到了。

我從貝格斐乘飛機到薩克拉曼多，又從薩克拉曼多乘空中巴士到雷諾。拿回了公司車，吃了點東西，打電話給貝格斐的胡海威。

「我是賴唐諾。」我說，「蓋亞莫案子有什麼進展？」

「蓋亞莫有了個律師。」

「吉高溫？」

「是的。」

「吉高溫怎麼說？」

「什麼也不說。」

「他的當事人說什麼？」

「什麼也不說。」

「艾堂木如何？」

「你給了我難題了。你看，蓋亞莫死不開口，我們知道原因。他只要開口，他自己無法自圓其說。但是，有這麼一天，他非開口不行。他律師會把所有證據都一個個看過，研究過。最後沒有理由可辯的時候，說不定他會說是女的搭車客想把他們兩個男的都殺掉。」

「你怎麼知道不是？」我問。

「我們不知道。」胡海威說：「但是我們知道有人在雷諾把柏馬鍇的一張旅行支票兌了現，兌現的是個男人。」

「好吧。」我說，「我們是在談艾堂木。」

「但是艾堂木，他沒有理由死不開口。他並沒有混進謀殺案去——至少不應該混進去。我們想他沒有混進去，也不想把他混進去。」

「你能確定嗎。」我問。

「我們雖說不能百分之百。」胡海威說：「但也差不多。你看，艾堂木的壞事，我們都已知道，他何必死不開口呢？他是保釋期中脫逃，用假名在工作，內華達決心把他引渡回去。但是他就不肯合作說話。我想不通。」

「什麼事都不肯講嗎？」我問。

「就是不講話。」他說：「他也不要求律師，他只是說『無可奉告』。」

「金髮女侍呢，找到了嗎？」

「會找到的。」他說，「逃不了的，西部四個州，全面通緝令。我們有請各州警察查看每一個餐廳新僱的女侍。」

「也許她決定改行了。」我說：「也許她現在只做旅社女中了。」

「別以為我們沒想到這一招。各種可能都計算過了。我們會找到她的，時間問題而已。」

「她是怎麼離開的，這一點你們知道了嗎？」

「我們一點也查不出來。她告訴老伯，這是真空時間，不會再有客人來的，叫老伯招呼一下，就這樣走了。」

「之後呢？」

「沒有之後啦，她就不見了。」

「她這樣的女人要搭個便車易如反掌。」

「沒錯，是可以搭便車，但總要出面的呀！」

「她的名字如何，查過沒有？駕照？身分證明？」

胡海威說：「雖然，這麼個名字我們根本不屑浪費時間來查，她是個常換工作換名字的爛貨，但是，我們還是查了。我們查喬愛娣，非但查喬愛娣，而且查所有以愛娣為名字，合乎她年齡身高的人。你知道，女侍都很奇怪，她們換姓不換名，換了幾十次姓，但名字總是老名字。」

「是有這種事。」我同意。

「無巧不巧，我們踩上你在雷諾的尾巴了，唐諾。」

「怎麼回事？」

「好像你在雷諾查訪過柏馬鍇的旅行支票。」

「是的，是我。」

「我們傷了很久腦筋。」胡海威說，「後來查對了體型，發現極可能是你。」

「當然，我一直在追柏馬鍇的下落，我告訴過你。」

「但是你沒有告訴我們兇手曾經兌換過一張支票。」

我說：「那個時候，我認為是柏馬鍇自己換的支票。」

「好吧！唐諾。不要把你自己混在裡面搞不清。」胡海威說：「這邊目前沒有新發現。喔，看報了嗎？《論壇報》不錯，挖到了不少東西。對蓋亞莫身分有個大突破。好像他到三十五歲的時候，可以得到一大筆錢，假如沒判定有重罪的話，是遺產。」

「什麼時候會到三十五歲呢？」

「不到兩個禮拜了。」

「他能熬得過這兩個禮拜不被判刑嗎？」

胡海威大笑道，「你想我們會讓他得逞嗎？有十幾個慈善機關，每個單位三萬塊錢。都希望他在三十五歲前可以定罪。假如你是地方檢察官，你面對這種情況會怎麼辦？」

我說：「我可能速戰速決，起訴，審判，定罪，然後要各單位貢獻出下一屆的競選基金。」

「你會連任的。」胡海威說：「反正，即便這傢伙不判死刑，他在牢裡也用不了鈔票。」

「那不一定。」我說，「有錢能使鬼推磨。」

「可以是可以，但是大家會對他特別注意。他會在裡面，鈔票會在外面。」

「好吧。」我告訴他，「我們反正會再見面，見面再聊。」

我把電話掛上，走出來坐在公司車裡，仔細地想。

金髮的女侍，走在警察之前並不久。警察把這件事當大事在做，全面在追緝，但是一點線索都沒有。

像這種情況只有一種解釋，我們一開始就弄錯了方向。因為我們是從羅密里下來的，每個人都以為這女人會向更下山方向，經卡文鎮……

最聰明的，為什麼不可以回頭直向貝格斐呢？

我敢打賭，儘管全面通緝令發得十萬火急，貝格斐的警察，對貝格斐市區內，可能一件事也沒有做……但還是不對，貝格斐全市各報紙一定都有了。

我又開始想，假如我是這個金髮的女侍，我怎麼辦？想來想去總認為搭便車往貝格斐方向，要比往卡文鎮方向好得多……到了貝格斐，然後又如何？

我有好幾條路可以開始推理。也許她本來就認識艾堂木，她知道他很清楚，清楚到艾堂木為了保護她，寧願得罪警方，在警察局一句話也不講。

為什麼？

那是因為艾堂木必須保護他自己，或者她是他的什麼特別親人？假如，她是他的什麼特別親人。

我專注在這一點猛想。

艾堂木曾在卡遜市的州立監獄服過刑。假如這金髮女侍是他的什麼人，她會在他附近。

有錢，沒錢，都以雷諾為最佳住處，有錢方便多多，無錢的話，這裡就業機會多。

死馬當活馬醫，我來到聯合航空公司。

「我是個偵探，我希望見見你們今天早上洛杉磯到薩克拉曼多，又到雷諾班機的空中小姐，想問她有沒有一位滿突出的小姐在這班機上。」

男人搖搖頭，笑著說：「恐怕有困難。也許我可以給你安排——我們這裡有旅客名單，也許可以幫你忙。」

他打開一個抽屜，從裡面拿出一張名單，翻過來，使有字的一面向著我，交到我面前。

我搖搖頭說：「這一點用也沒有。她可能用——」我突然停話不再說下去，喬愛娣的名字清清楚楚列在名單上。她今天一早從洛杉磯經薩克拉曼多來到雷諾。

「空中小姐們不一定會記得每一個人，」他說：「你真要試試，我可以給你安排。」

「謝謝你。」我說，「既然這樣，我先想想別的辦法。」

我走到機場計程車出口，不斷發問，終於找到了早上那一班班機到達時，載那金髮女郎離開的計程車——一個金髮美女，一個人下機，沒有行李，只有一個皮包。她沒有行李，別人還在等行李時，她已經出來了，可能是第一個出機場大門。

我給那個計程車駕駛五塊錢，他給我一個地址。

我開車去那個地址，是一個很好的公寓。我看公寓的名牌，看看有沒有什麼住客名字叫愛娣的。

大大的名字在信箱上：喬愛娣。

為了對照一下，我走向電話亭，看電話簿，有喬愛娣，地址對，電話號也在上面。誰知道？

我想打電話，想想不好，走去她公寓，按門鈴。

鈴聲在裡面響起，我等了一分鐘又按門鈴。

門打開二英吋，門鏈還掛著。

喬愛娣看著我，雙眼圓瞪瞪。

「喬小姐，你好。」我說：「我一定要和你談談——」

「我沒什麼可以和你談的。」她說，準備關門。

門鏈使我進不去，我伸一隻腳進去使她關不上門。

「把腳拿走。」她說，「要不然，我——」

「要不然你——怎麼樣？」我問。

「拿熨斗來熨爛你腳趾頭。」她說，又好像再想一想，加一句，「用尖的那一頭來燙。」

「不要這樣。」我說：「我是來告訴你一點消息。」我也故意好像想一想，加一句：「在警察找來之前。」

「警察！」她說。

「當然，還指望什麼別人？」

「我和警察沒有什麼好說。」

「你沒話說，他們可有很多話要對你說！」

「你想說什麼？」

「對你絕對有利無害的。」

「你到底是什麼人，我覺得你陰魂不散的。」她問。

我把我私家偵探證件拿出來，讓她在縫裡看清楚。「私家偵探賴唐諾。女士。」我說。

「偵探？」

「私家偵探。」

「你在幹什麼？」

「目前是要和你談談。」

「你可以說是工作努力了。」她說：「把你腳拿開，門關不起來鏈子就拿不下來。」

「門關起來了你不會改變主意吧？」我問。

「聽著，我只要答應別人，我就會辦到的，自己吃虧我也會辦到的，而且有始有終。」

「好習慣。」我說，把腳拿出門縫。

她把門關上，我聽到她把門鏈取下，她把門打開。「請進來。」她說。

這是間很好的公寓，顯然是連傢俱出租的，裡面有很多小跡象，一看就知道她住這裡很久了。

我環顧一下，心裡在盤算。在雷諾，女人到這裡來住六個星期辦離婚，公寓帶傢俱出租的到處都是，還有汽車旅館，以星期計價的，但價格都比別的城市貴。

「在雷諾。」我說，「維持這樣是很花錢的。」

「還用你說。」她說：「請坐，要喝什麼？」

我搖搖頭。

「說，在警察會來之前，我應該知道什麼？」

我說：「原則上我不應該告訴你，我也不要你告訴別人，可以嗎？」

「可以。只要你對我公平，我也會公平對你的。」

「艾堂木。」我說。

「他怎麼樣？」

「他什麼話也沒有說。警力給他各種壓力，他就是不肯說一句話。警方上天入地的在找你，艾堂木非常穩得住。」

「只要他穩得住，」她說，「警察絕不會找到我的。」

「你想我怎麼會找到你的？」我問。

「不是堂木告訴你的嗎？」

「自從上一次警察用測謊儀測知他說不認識你是個謊言之後，我一直沒有見過他。」

「喔喔！」她說：「這樣說來，警察是會來這裡的？」

「有可能。」

「那會很糟。」她說。

「為什麼？為了那件謀殺案？」

「什麼謀殺案？」

「你不知道？」

她搖搖頭。

我身邊有貝格斐的剪報，我拿出來，讓她慢慢看。

她靠向椅背，把腿一交叉，看起剪報來。她來不及拉一下裙襬以示莊重。她讓我進來，她信任我，當我是朋友，她非常坦然。我看她的腿，她看報紙。

她看完報紙，側向前，交還給我。

她說：「變得非常複雜，是嗎？」

我說：「是的。」

「我一點也不知道這件事。」

「逃亡，本身就是犯罪的一個證據。」

「我又不是為了什麼謀殺案。我……我怕他們怪我是違犯保釋規定的共犯。我怕他們會硬塞幾項違犯風紀等罪名在我頭上——唐諾，我說真話，我不騙人。」

「到目前為止，我都相信你。」我說：「不知以後你的表現如何？」

她說：「堂木不是個壞蛋。他衝動，情緒化——以女人立場來說，他是見一個愛一個。我想這是他習性，自己也控制不住，但是他是個男人呀。女人就不同。女人一生只有一個男人。這個男人就是她的一生幸福。

「堂木不是個忠於一個女人的男人，他試著要忠心，但是只要女人肯給與顏色，他又不知自己多少斤兩了。」

「這就是你一直在爭取的？」我問。

「這是我一直在對付的。」

「告訴我。」

她說：「堂木和我訂婚了，我們準備結婚。但他是個好動的人，我結過婚，但是不知怎麼我就和他一起溜跑了。我們以夫婦名義住在一起，之後他喝醉了酒，給自己惹來麻煩，雷諾對他不是好地方。有一晚他贏了三百塊錢，當晚我們真的闊起來。他不斷說什麼以前沒發現有這樣好的賺錢方法。」

「所以第二天他再去賭，把每一分都輸掉？」我問。

她點點頭：「他輸掉每一分錢，但是又開了一張私人支票，這是他犯的最大錯誤。這個城是賭場，而賭場最恨空頭支票。」

「所以堂木就入獄了。但是你怎麼辦呢？」

「在這裡混，等待他出獄。」

「你怎麼維持生活呢？」

她想說什麼，又改變主意，看著我說：「堂木不知道。我自己有錢。」

「有多少錢。」

「相當多。我不要堂木知道。堂木有個特別的本質，假如他知道女人有錢要供應他的話，他會忍受不了，跑掉的。堂木不要我去做女侍。我友善，好交朋友，而且男人喜歡我的身材。有漂亮的女人做侍者，人家都是另眼來看的。」

「說下去。」我說。

「所以，」她說，「我跟他在一起就滿足他大男人主義，由他養活我。堂木是個很好的汽車技師，他好好幹可以活得很好。要是他肯安定下來，他也會是個好丈夫。但是他野性未脫，他好動……反正就如此。他去卡遜市坐牢，我就等。後來他行為良好保釋出來。

「保釋的條件之一是他不能離開本州。但是內華達州有合法的賭場，合法的賭場和堂木絕對不可並存。他知道，我也知道。保釋另一個條件是不可以到出賣烈酒的地方去。堂木有困難。保釋出來第一天就喝了酒，在骰子桌上贏了八十五塊錢。他回家告訴我。我知道這意味著什麼。他醒了之後，也知道這意謂什麼。我們決定只有一個辦法，跑到加利福尼亞州，找個工作，開始新生活。」

「你一直叫他堂木？」我問。

「堂木本來就是他的名字。他本來不姓艾。」

「姓什麼呢？」

「戴。」

「但是你始終保有這個公寓？」

「我保有這個公寓，但是堂木始終不知道我有這公寓。」

「為什麼？」

「我的東西都在這裡。堂木完全不知道這個公寓。他在牢裡的時候以為我在餐廳做侍者。他不必知道這裡，我也不告訴他。」

「你自己有足夠的錢可以維持這套公寓？」

「我有足夠的錢維持這公寓。」

「好吧。」我告訴她，「現在讓我們談談五號晚上到六號早上到底發生了什麼事。」

「實際上沒有發生什麼大事。堂木不知我在這裡有這公寓，我和堂木在羅密里租個蹩腳公寓同居。他晚上在車廠值夜工作，他只能找到這個工作。我每天七點半來找他，等他下班，一起去用早餐。然後回蹩腳公寓，他睡覺，我把一切聲音放輕兩、三小時，他睡眠就足夠了。有時晚上不太忙，他甚至不需要那麼久。

「他是值夜班的，規定九點鐘關門，但十二點鐘才能睡，所以他總是坐著看電視。上床以後會有不少次被叫醒，多半是買汽油的。很多開車的不願在大城鎮加油，或是白天加油，因為要等，晚上加油通常一路有得是二十四小時營業的加油站。到了羅密里，他們看到只有兩家，而且都關門了，就有點慌，急著敲開一家加油。」

「講下去。」我告訴她。

「沒有太多好說的。」她說，「六號早上，七點一刻，我走進車廠去接堂木……他沒想到我早了一點。」

「你說另外有個女人在裡面？」

「另外一位女人曾經在裡面。」她說。

「你怎麼會知道？」

「好幾種跡象。」

「能告訴我嗎？」

她想了一下，說道：「可以說一些。」

「哪一些？」我問。

「他沒有來得及洗咖啡杯。」她說，「其中一個還有口紅印在杯子邊上。那裡有個洗臉盆，也供應熱水。堂木通常七點一刻洗臉刮鬍髭，如此他可以整潔地和我去用早餐。這一次在刮鬍髭鏡子上有口紅。」

「怎麼會？」我問。

「她在小小的刮鬍髭鏡子前化妝。」她說，「把唇膏弄上去了。」

「唇膏怎麼會弄到刮鬍髭鏡子？」

「你知道女孩子怎樣塗口紅。她把唇膏塗在嘴唇上，然後用小拇指把它塗成她要的形態。」

「說下去。」我說。

「當然她的小拇指上都是唇膏。她拿起堂木的刮鬍髭鏡子照照看自己是不是滿意，於是小拇指上的唇膏就印到鏡子背面去了。」

「很有意思。」我說，「鏡子現在在哪裡？」

「我保留著。」

我想了一下，問道：「在哪裡？」

她站起來，走到房間一側，打開一個抽屜，拿出一個皮包，從皮包裡拿出一面最便宜的鏡子交給我——塑膠邊，圓形，一面是普通鏡子，另一面是個凸鏡，可以放大影象，有個鐵絲架子，可以掛，也可以放桌上。

「她用的是放大的那一面。」愛娣說，「你可以在平的那一面見到她小指的指印。」

我仔細觀察這面鏡子。不但有一個唇膏印下很好的小指指印，而且有一個地方有一個很清楚的螺旋紋半邊，和另外一個不清楚的指印，但是仍可作鑑別之用。

我說：「你這裡有透明膠紙嗎？」

「有。」

「給我用一下。」

她拿給我一卷說：「要來幹什麼？」

「我做給你看。」我說。

我割下幾段透明膠紙，把它貼在鏡子上的指紋上面。

「這是幹什麼？」她問。

「把你的名字簽在這上面。」我說：「把日期也寫上。」

她照做了。

「這樣可以保護指紋不會被抹糊了。」我說，「沒有在皮包裡弄亂已經不錯了。你為什麼把這面鏡子留下來？」

「堂木不知道我把它留下了。」她說：「我罵他把女人弄進來陪他，他騙我說沒有，然後他強辯他沒有讓她進來。說他在穿衣服的時候女的在門外等，說女的見他煮好了咖啡要求喝一杯，說他給她一杯在門外喝，喝完了他把咖啡杯拿進來沒有洗。他在說話的時候我看到了鏡子，我不告訴他，只是把鏡子放進皮包。我對他說，他願意說老實話時再來找我，我就走了出去，我告訴他我們完了，當時也的確想應該兩散了。」

「然後你怎麼辦？」

「搭車到中溪河，走進去吃早餐，任珊珊自己在當女侍，手忙腳亂忙得不可開交。她一個晚上沒有休息，很多釣魚的人在這條路上。老伯不願意又掌廚又接待客人，事實也不可能。」

「所以怎麼樣？」

「所以我就來做女侍。我相信消息馬上會傳到堂木那邊，說我在中溪河做女侍，他會來找我的。羅密里距離太近了，他要來找我很容易——假如他表示悔改，我會跟他回去。這在我們兩個不是新鮮事。他經常拈花惹草，有的時候我知道，有時不知道。通常我會知道——女人的直覺。」

「他常為這種事騙你嗎？」

「經常的事。」

「一有這種情況你就離開他？」

「我以前離開過他。我們吵架，我威脅他要離開他。後來我們言歸於好，他發誓不再這樣。女人總是弱者。我知道，他也知道。堂木太野，太情緒化。他還未能安定下來，但骨子裡他是個好人……賴先生，這傢伙是我的死冤家，我拋不掉他。」

我站起來說：「這是我的卡片。目前你最安全的地方就是這裡了。你把我來這裡的事忘了，我也忘了見過你。不論發生什麼事，不要離開這裡。不要讓任何事把你嚇得出去亂跑。不論聽到什麼消息，都留在這裡。」

「會不會好一點，假如我——」

「會壞得多多。」我告訴她：「逃跑本身是有罪證據之一，這是加州法律。再說，你也不知道他們準備控告你什麼罪。只要你留在這裡——你根本沒有逃跑。你只是生你男朋友的氣，你離開在工作的餐廳……你怎麼來這裡的？搭便車到——？」

「我跟了你們上山的。」她說：「我在你們離開五分鐘後出發。我叫老伯暫時招呼一下，我出門伸出大拇指，搭上了一輛車。你們進羅密里的時候我正好在你們車後。」

「你沒在羅密里停車？」

「我搭上的車一路把我送到貝格斐。在那裡加了油，他又把我送到洛杉磯。」

「你一路都和他在一起？」

「我一路都和他在一起。」她說：「這真是一個嚴酷的考驗。他問三問四地搭訕，我要騙著他點。我告訴他我在洛杉磯有個男朋友在等，但是我發現他反而對我更有意思。我告訴他假如讓我在洛杉磯下來，我想辦法擺脫這個男朋友後，就回到他身邊來陪他——他可能現在還在等我。」

「之後呢？」

「我乘計程車到機場，搭上聯合航空公司第一班班機，就到了這裡。」

我說道：「這證明了，一句老實話比一千句狡猾的假話有力得多。」

「你認為如此，賴先生？」

「我真的認為你已經證明給我看了。」

「我也認為你是好人。」

「你自己是個好人。」我說，「明天早上第一件事你就去找一個律師，告訴他你有一件證物要他保存，讓他相信這是件離婚案子。告訴他你尚未決定和他談論案情，但是要他先保存這件證據。給他看這是面鏡子，上面有保存好的唇膏指紋。叫他也在透明膠紙上簽上他名字和日期，簽在你簽的邊上。叫他放在一個信封裡，封起來，放進他的保險櫃去。」

「之後呢？」她問。

「之後。」我說：「回這裡來，重過你本來的生活。你確定堂木不知道這個公寓的一切？」

她搖搖頭：「他從未來過這裡，我從未向他提起過半個字。」

「他在牢裡時，你一直在這個公寓？」

「差不多。」

「你讓他認為你是在餐廳工作？」

她點點頭。

「他保釋出來了又如何？」

「讓他找個工作，替我們找個住處，養我。」

「什麼樣子的住處？」

「簡陋的小地方，環境很髒。」她說：「但那是個家。」

「你經常偷偷回到這裡，讓自己過一天乾淨的日子嗎？」

「我從來不會偷偷離開。」她說：「唐諾，那簡陋的地方是我真正的家，他是我的男人，我嫁雞隨雞，儘量做個好女人。」

「你本來就是個好女人。」我告訴她：「記住我給你的建議，明天早上就要辦。」

她把我送到門口，把她的手給我，突然一下衝動，她把臉側過一邊，讓我輕吻一下，她說：「你真好，賴。」

「你自己也是好人。」我告訴她。

我回進自己公司車，開始長途駕車去貝格斐。

第十三章 三十五歲生日之前

吉高溫律師，是一個骨瘦如柴的高個子，顴骨高，鼻子大而無肉，身上的衣服好像衣服是鬆鬆地掛在衣架上似的。整個臉上最顯著的是一雙眼睛，凹得很深的灰眼睛，從濃厚的眉毛下不斷射出冰冷光亮的眼神來。

「很高興見到你，賴先生。」他說：「我的當事人不斷在談起你。」

「真的？」我問。

「是的，我實在奇怪他為什麼那麼想要聽你的意見和建議。」

「我沒有給他我的意見，我也不知道他要我的建議。」

「可是他要呀！」

「為什麼？什麼時候？什麼地方？」

「他希望越早見你越好。但是我不知道能安排在什麼地方才可以完全沒人偷聽。而且你要知道，我的當事人，對你講的任何話，都沒有保持隱私的特權。檢察官傳你到法庭作證，你必須一五一十地照樣講出來的。老實說有些他說給我聽的話，我都不願意他再對你說。」

「為什麼？」

「對本案不利。」

「你的意思他向你承認什麼了？」

吉高溫沒有回答我的問題，反而向我問道：「能不能告訴我，為什麼我的當事人，對你的建議如此重視和評價高呢？」

我搖搖頭。

「你不是律師吧？」

「我受過法律教育。」

「有這種事？」

我點點頭。

「你不會已經給他過什麼建議吧，有沒有？」

我用坦白的大眼睛無辜地看向他：「我什麼時候有可能見過你的當事人？」

他說：「這也是我想知道的問題之一。現在言歸正傳，我受我當事人的託付，要我和你聯絡，問你幾個問題。」

「像是什麼問題？」

「像是你想陪審團會不會相信這樣一個故事？」

「這該由你回答才對。」我說。

「我也是這樣告訴亞莫，但是他堅持要我和你商討。」

「你看怎麼樣？」我問。

「我現在的身分，不容許我討論我當事人的案件會有什麼結果。」

「完全正確。」我高興地說：「相同的，我現在沒有身分，所以不可以討論你當事人的案子，會有什麼結果。」

「別亂扯了，賴。」他說：「我們倆別兜圈子，你什麼時候見過蓋亞莫？」

「假如我見過蓋亞莫。」我說，「後來警方在全面通緝他，而我不開口，我是個二百五，對不對？」

「大概吧。」

「我不喜歡警方會認為我是這樣一個人。」

吉高溫把兩隻都是骨頭的手，放在他的寫字桌大玻璃板上。手掌向下緊壓在玻璃上，十指全部用力張開，把兩隻手壓在玻璃上前後搓動著。「和你談話真吃力。」他說。

「我告訴你的，比你告訴我的，已經多得多了。」

突然，他看向我說：「我現在準備要告訴你的，是我的當事人指示的。我雖然會說，但大大違反我的本意。」

我不說話。

「我的當事人想認罪，請求減刑。」他說。

「認罪！」我說。

他鬱鬱地點點頭。

「認什麼罪？」

「第一級謀殺。」

「搞什麼鬼？」我問。

「假如他認罪。」吉律師說：「有百分之五十的機會判終身監禁。但是仍有百分之五十機會，會被判死刑。」

「沒有辦法和地方檢察官討價還價？」我問。

「他就是要我用自認有罪，省地檢處一點力量，來和地方檢察官討價還價。」

「希望判他不死？」

「假如有討價還價可能，我當然會盡力要求他不判死刑。」吉高溫說，「但是這並不是蓋亞莫要求的條件。」

「他要求什麼？」

「他要求案子在下月一號之後再開審。到那時候，他就是三十五足歲了。假如他在三十五足歲前沒有被判定有罪的話，他就是個富翁了。」

「一個死富翁能做什麼？」我問道。

「我也問過這個問題。」吉律師說：「他說，他要讓一位鄧太太接受他這些錢。他說他假如僥倖判在牢裡，他會給鄧太太一大筆錢。假如判死罪，他會立下遺囑，把全部錢留給她——當然，他也答應假如我辦成，從這筆錢裡，我也可以拿一筆很多的酬勞。」

「假如他不認罪。」我問，「也不去和他們打交道？」

「那麼，我們會面臨一個很少見的場面，地方檢察官希望快速進行這件案子。他一定已經得到了法庭的合作。看樣子他們會想辦法擠出日子來開庭——當然，你知道是為了什麼。」

我點點頭。

吉律師問：「你看如何？」

我說：「假如他受審，就算被判有罪，你想在他三十五歲生日之前，會不會被判定？」

「我相信他們會加快步伐。一定要在他三十五歲生日之前，判定他犯了重大刑罪。」

「這樣他就一毛錢也拿不到了？」

律師點點頭。

「這樣，你也一毛錢拿不到？」

他又點點頭。

「假如他用肯認罪來和地方檢察官討價還價，地方檢察官同意把這件案子延到他生日之後再審。你從這信託遺產裡也可以撈一筆不少的錢，是嗎？」

他點點頭。

「五萬元？」我問。

「喔！沒有，沒有那麼多。」他說：「我自己也不會要他那麼多。尤其我沒替他辯護，而是自己認罪——雖然是他的主意。我絕不過份收費。」

「是不是他也委託你到時把這筆信託基金替他爭過來？」

「那應該不是十分困難的。」他說。

「你不知道這位受託人……」

「我可以和他較量較量。」

「你能告訴我你的費用是多少嗎？」

他把兩隻手握起來，變成兩個拳頭，又用力張開來，把手指儘量伸直。「三萬五。」他說。

我停下說話，把情況重新研究一下，說道，「照這樣說來，你的客戶不在乎生或死，他都願意認罪。你不必做太多工作，只是試著使定罪的日子拖過他三十五歲生日，你就可以拿三萬五千元。但是，假如他出庭抗辯，你要做太多工作，最後可能一毛錢也拿不到。」

他說：「這件案子裡，我還沒有像你那樣分析我自己的地位。」

「沒有個屁！」我說。

「好吧！」他承認：「經你一說，我也懂了。有不對嗎？」

「沒什麼不對。」我說：「問題是律師的職業道德。什麼是對你的當事人最有利的？」

「他要對這個世界有所貢獻。」律師說：「他說他回顧他的人生，他沒有貢獻自己或他人什麼好處，他浪費了不少青春，自己反變成一個週期性的酒鬼。他認為牢獄也許可以讓他反省，假如他有錢，照樣可以做好事。」

「地方檢察官怎樣想？」我問：「蓋亞莫認罪的話，他肯讓這件事拖過他三十五歲生日嗎？」

「我不知道。我有一個想法，假如亞莫肯認罪，使地檢處省時、省力又有名譽，地方檢察官可能照一般案件慢慢進行程序，放我們一馬。」

「但是你尚未試著進行？」

「還沒有。」

我坐著仔細看他，他又把手握成拳頭，握得那樣用力，指節突出的部位都變成了白色。

最後，他看向我說：「你認為他機會如何？」

「什麼情況的——機會如何？」我問。

「你知道我問的意思——把他放到陪審團前面。」

我說：「光憑他目前的說法，假如沒有強有力的證據，絕對不會宣告無罪。」

吉高溫點點頭。

「換句話說。」我說：「十二個陪審員中，至少有一、兩個會相信他。」

「你的意思是陪審團無法決定，不能作判決，延擱下來？」

「我估計會成那種局勢。」

「但是。」他說，「這對他沒有太多好處。所有對他的指控還會再重複一次，下一次還是——」

「下一次，他已經有錢了。」我告訴他。

「是的。」他說，「這倒是真的。」

我說：「到那個時候，他能付你足夠的錢。他能請各種專家，他能——」

「聘僱私家偵探。」高溫急急地說。

「我可沒這麼說。」我告訴他。

「是我說的呀！」他宣佈。

「好了。」我說：「蓋亞莫要你和我談談，你和我談過了。」

「你不贊成認罪？」

「絕對不贊成。」

「你知道結果嗎？賴先生？」

「當然，我知道結果，對他說我願意冒這個險。」

「非常高興能有這個機會和你聊天。」他說：「我會把你的意思轉告我的當事人。」

「到底他們收集了一些什麼證據來對付他？」我問。又加一句：「到目前為止。」我說。

「相當多。」他承認。

「能列出來聽聽嗎？」

高溫自桌上拿起一支鉛筆，用一個拳頭把鉛筆握在手心，自桌上拖過一疊稿紙來，用鉛筆重重畫了個阿拉伯字「一」，又在外面加了一個大圈圈。

「第一。」他說，「他們可以絕對證實：在卡文鎮『客來車服中心』搭上柏馬鍇汽車的人，是蓋亞莫——這一點絕無疑問，因為車服中心服務員曾抄下柏馬鍇的車號。」

我點點頭。

吉律師寫下「二」，也在外面畫個圈圈。

「第二，柏馬鍇在中溪河停下來，又打電話給他太太。第一次是從卡文鎮打的，第二次是從中溪河打的。第一次他告訴他太太他要去雷諾。第二次，他從中溪河打電話，他告訴她，不但他在卡文鎮讓一位便車者上車，而且他又多了一個金髮的女便車客。他把女的放在車的後座。」

「地方檢察官可以把這些電話中的談話拿出來做證據嗎？」我問：「這是道聽塗說，被告不在場的對話都是傳聞哪！」

「他當然會有些困難。」吉律師承認：「我們會拚命不使他得逞。但是那一通中溪河的電話，被告就坐在餐廳的桌子準備吃東西，法律雖規定被告不在場的都是道聽塗說，這種情況，不知算是在場？還是不在場？」

「誰說他在那裡？」我問。

吉律師看著我，用他都是骨頭的左手手背摩擦自己的下巴。「嘿！」他說，「我懂你的意思了，他們找不到那時的女侍。你知我知他是在那裡的，但是問題是——他們有沒有辦法證明他在。這好得很。」

吉高溫把鉛筆拿正，在「二」的邊上畫一個大問號。

他寫下「三」，又在三外面畫了一個圈。「在卡文鎮，被告一文不名了，身上一毛也沒有。他想買杯咖啡也沒硬幣了。他把這情況告訴過加油站服務員。當警察逮捕他的時候，他身上有一千兩百元。有證據顯示柏馬鍇出差時老帶著不少現鈔，這些錢可能是從柏馬鍇身上弄來的。」

「他也可能從賭場贏來的。」

「本錢呢？」

我說，「不能撿到十元呀？」

「可以。」律師不太熱心地說。

他又拿起筆來，電話鈴響了。

他說：「對不起。」拿起電話說：「哈囉，我是吉高溫……是的，請講。」

他看向我。

電話那一頭不斷的在講，高溫坐在那裡注意地聽。他的臉扭了一下，有些表情，又立即凍結起來。右手在鉛筆上用著力，一下把鉛筆折成兩段。他把折斷了的鉛筆摔向廢紙簍，對電話說道，「你可以確定？」等了一下他又說：「好吧，那也沒辦法。」

他向電話說了再見，掛上電話。

我說：「繼續你的第四條吧。」

他把一疊紙全拿起來，把上面第一張撕下來，搓成一團，摔進廢紙簍，算是給我的答覆。

「怎麼了？」我問：「消息那麼差嗎？」

他說：「雷諾警方找到了蓋亞莫那幾天住的汽車旅館。他登記自己名字是柏馬錯，也登記了正確的汽車號ＮＥＦ八〇一，房租是付了一週的，住了五天就突然離開了。汽車旅館經理已經看過蓋亞莫照片，絕對錯不了。」

「那有什麼？」我說，「人總要有個地方睡呀！」

「你還不懂呀？他登記的是柏馬鍇。還有更壞的。有一個女客看到蓋亞莫拿了一把鏟子，到房子後面挖了一個洞。她沒太注意，直到警察開始問東問西。她指給警察看，你知道警察在洞裡挖出什麼來了？」

「挖出什麼？」我問。

「挖出柏馬鍇的手錶，一本十張共計五百元的第一國家銀行旅行支票，其中一張撕掉了。他們也發現一個柏馬鍇的皮夾，其中有馬鍇的駕照和其他證件。他們找到他的鑰匙、他的小刀、他刻著名字的金筆。他們也在皮夾上找到一個指印，指印是蓋亞莫的。」

我坐在那裡，不說話。

「皮包裡一毛錢也沒有。」吉律師繼續說道。

我還是不說話。

「他們也找到了五號晚上，在中溪河任珊珊餐廳工作的女侍。她記得很清楚，那晚上柏馬鍇、蓋亞莫和金髮的便車客進來，坐在一張桌上。柏馬鍇在打電話的時候，金髮的和蓋亞莫兩個拚命地吞嚥他們的火腿蛋，她已經從照片上指認過蓋亞莫。現在正在前來貝格斐的路上，準備再當面做一個指認。」

吉高溫坐在椅上，看著我，好像吃錯了藥一樣不舒服——非常不舒服。

我說：「從你的一面來看這件案子，這些消息真的不太有利。」

過了一下，吉律師自我安慰地說，「當然，我至少還可以開發一個理論。」

「什麼理論？」

「說金髮的便車客才是真的謀殺柏馬鍇的人。她是坐在後座的，所以她才有機會——事實上唯一有機會——制住駕車的人。」

「她為什麼要幹這種事呢？」我問。

「其他搭便車客為什麼要殺給他們搭車的人呢？她要車，也要錢。」

「你認為她和蓋亞莫商量好共謀的嗎？」

「當然不可能，否則他們是共同殺人，亞莫還不是要被判死刑。」

「原來如此。」我說：「這都是金髮女郎一個人幹的？」

「一個人。」

「然後，她殺了他之後，把所有錢交給亞莫。她把那傢伙的金筆給他，她把他的手錶給他，把旅行支票也給他——為什麼？解釋一下。」

吉高溫又一次用手背擦摸他下巴。「做刑事案件的辯護律師，真的不是人幹的，唐諾。」他慢慢思索著說：「你不能放棄，你要出庭奮鬥。你要忍耐地看被告受罪，你要忍耐看檢方神氣活現。你要對案子有信心，至少要堅信被告是無罪的。」

我點點頭。

「但是，我自己選的這一行。」他說：「所以我只好去奮鬥。隨便那地方檢察官怎麼樣當了陪審團奚落我，反正我要奮鬥！」

「你不是要去和他討價還價，讓亞莫認罪嗎？」我問。

「老天！」吉律師說：「地方檢察官現在不論我們說什麼都不會理我們了。他現在王牌在手，他會求處極刑。現在要自願認罪，請他延遲一分鐘，或是換他個微笑，他都不會幹了。

「唐諾，這位地方檢察官現在一腦子在想怎樣一步步把案子在陪審團前面證實開來，怎樣加快在被告三十五歲生日以前把案子結束。他是在等十多家慈善機關向他道謝，他是要藉這件案子來奠定他的政治生涯前途。」

「你怎麼辦？」我問：「能退出嗎？」

「絕對不可以！」他說：「在這個時候我一抽腿，會對被告造成無可彌補的傷害。我真希望沒有收到他要我代表他的電話，或是我正好出去度假不在家，我甚至希望我當時在家裡出麻疹。但是我答應代表他了，我要代表他！」

我沒有什麼可以再說了，他也沒有什麼可以再說了。我們互相握手。我離開。

第十四章 瘋狂的推理

我駕公司車經山路下行回到洛杉磯，直接回辦公室。

柯白莎像隻吃飽了的小貓，滿足地在嗚嗚的叫。她向我微笑，用的是母愛似的情感。「唐諾，你這小雜種。」她說。

「又怎麼啦？」我問。

「你又成功了，是嗎？」

「成功什麼？」

白莎拿起一堆剪報。「《論壇報》，唐諾。」她說：「老天，真是最有用的廣告宣傳。」

我看賈可法對我們偵探社的宣傳。

「肯恩郡的行政司法長官對這件事不會太高興。」我說：「看起來他辦公室只是跟在我們後面撿垃圾的。」

「我們管什麼肯恩郡的什麼東西。」白莎說：「他們又不付我們一毛錢！我們要的是客戶，是生意——唐諾，僱主，新的僱主，帶錢的僱主……」

「說到這裡我又想起來了。那漂亮的柏太太來過了，她的腦子還是很切實際的。她告訴我她當然會故作傷痛，因為她是新寡。雖然丈夫在世對她不錯，但人死不能復生。再說，她又不是世界上唯一的一個……唐諾，你知道她說什麼？」

「什麼？」

「她在問起你。」

「問我到哪裡去了？」

「唐諾，你這偷偷摸摸的小雜種，她要知道你有沒有結婚，有沒有特別的女朋友。她很爽快地付了費用，給了獎金。她說她還有一件工作要我們做，她說因為你對這件案子已經很清楚了，所以那件工作她要親自和你來討論——她要你去見她。」

「她要幹什麼？」我問。

「好像是什麼緊迫的善後工作，但是她現在對聘請偵探有信心了，唐諾——你這渾蛋，你不要讓她把你釣上了。你不要聽她話破壞我們的合夥！她可能說動你做保鏢陪她去歐洲什麼的。」

「你會反對嗎？」

「那倒……也不會，只要我們仍是合夥的，她付出差費，但是千萬別變成她私有的財產。她肯和我們合夥公司訂約請你，我一點也不反對。你跟她去北極一輩子，我也不反對。」

電話鈴響。

白莎肥肥厚厚的手拿起話機，說道：「是的。」過一會她蹙起眉來說：「什麼人找他？」

我湊向前去拿話機，說道：「我來接我的電話——假如你不介意，白莎。」

她抱住電話，幾乎半分鐘，最後幾乎是摔給我的說：「去聽吧。」

我說：「我是賴唐諾。」

鄧仙蒂的聲音說：「是仙蒂，賴先生。媽媽想和你說話，請等一下。」

沒多久，我聽到依玲的聲音：「哈囉，賴先生？」

「是的。」

「賴先生，我們為蓋亞莫擔心死了。你能幫一點忙嗎？」

「我自己也不知道。」我說。

「你知道我們的經濟情況，我們不想打擾你的。但是我們不替他想辦法，世界上還有什麼人會替他辦事呢？」

「我以後再和你聯絡。」我說著把電話掛上。

白莎的眼光充滿恨意。「賴唐諾！你這混蛋。這是那個油嘴滑舌，到這裡來過，說是要找她失蹤叔叔的苦瓜臉小女孩！你在幹什麼，又在用公家時間做慈善事業？

「我一直告訴你唐諾，這是合夥事業。我有理要求你，我做多少工作，你也應該做多少工作。不要因為一個腿細得像竹竿，乳臭未乾的黃毛丫頭向你掉幾滴眼淚，把我們兩個人的時間浪費掉。她——」

「她要有人替她找到亞莫叔。」我說。

「亞莫叔個屁！」白莎嗤之以鼻：「這傢伙在和她媽媽玩躲迷藏。她媽媽不見了飯票，自己不好意思出來找，也不願意花點錢來找到他。所以她派出這樣一個竹竿腿來。夢想找回她的飯票。我要早知道你這小子那樣笨，那樣呆，那樣容易受騙，我——」

我說：「她要找她的亞莫叔。白莎，亞莫叔——你還不瞭解？」

白莎啪擦啪擦的眨了兩下睫毛，說道：「你的意思，那個謀殺柏馬鍇的是——老天！真他奶奶的。」

白莎無言地癱坐在椅子裡。

「同一個人，只此一家，別無分號。」

「我該被打屁股！」白莎含糊地說。

我不吭氣，讓白莎頭腦清醒地想一下。

突然白莎猛搖她的尊頭，好像要甩掉什麼東西似的。她說：「唐諾，這怎麼可能？一個太太進來說要找她丈夫，然後幾分鐘之後，另一個人進來說要找亞莫叔，最後發現亞莫叔謀殺了那個丈夫。兩件案子在同一小時內都找到我們這個偵探社來——唐諾，到底是怎麼回事？」

「這是件很有興趣的案子。」我說：「你有柏岱芬電話嗎？」

「就在這裡。」白莎說，「我特地給你記下來，要給你的。」

我拿起她交給我的備忘紙，請接線小姐給我一個外線，我自己撥柏岱芬的電話。

過不多久，岱芬好聽的聲音來自電話彼端。

我說：「我是賴唐諾。」

「唐諾。」她嗎嗎地說，「我要你到這裡來，人家有事和你商量！」

「目前實在忙得沒有空呀。」

白莎戴了大鑽戒的手快速地做著動作，叫我出門，意思要我去看她。

「但是，唐諾，」岱芬說，「怎麼說湊一點點時間就可以了。」

「現在不行。有什麼困難嗎？」我問。

「唐諾，看了報紙嗎？」

「沒能全看。」

「他們把謀殺我丈夫兇手的照片登了一張出來。」

「怎麼樣？」

「唐諾，我看到那照片我嚇了一跳。我以為他們弄錯了，把我丈夫照片登出來了。」

「有點像，是不是？」我問。

「有點像！」她叫道：「他們簡直是雙胞胎。唐諾，有一件事一定要辦。」

「什麼？」我問。

她說：「我不願意在電話裡說出來，我甚至不想說，想都不願想。這可能一直是個大騙局。」

「先要問你件事——你開什麼玩笑，給我一張照片，說是你和你先生，事實上是你和蓋亞莫？」

「沒這種事，我怎麼會那麼笨。」

「那是怎麼回事？」

「我的丈夫可能在玩什麼花樣，他可能是假裝被謀殺了。事實上，他殺死了那個搭車客，而自己和金髮女郎跑掉了。從此之後，他做的一切都是設計好不讓別人來追蹤的——電台廣播說這個人拿了他的支票本、駕照等埋在內華達汽車旅館後面一個洞裡——你沒聽到把現鈔埋掉吧？他只是要把這些證件埋掉，留在身上到底是不妥的。」

「假如他設計好一個詭計，想騙保險公司。」我說，「他就不會把這些東西埋掉，他會把這些東西留在他殺死的搭車客身上。再說，警方已取過指紋了。指紋是你丈夫的。」

「好吧。」她慢慢地說，「算我異想天開。我反正想到什麼就告訴你，我知道這說法不太合理，但是——唐諾，這件事有很多地方不對勁。」

「像什麼地方？」

「我也說不上來。」

「所以要付我錢，叫我去找出來？」我問。

「這是我腦中在想的一件事。我……我要完完全全的確定，唐諾。」

「多少的確定？」我問。

「絕對的確定。唐諾，我對任何人也不會說起，但我願意告訴你，因為你會體諒人。馬鍇是個狡猾有陰謀的人，設計這樣一個案子正適合他的習性。他還可以冷眼在暗地裡看我，很可能現在就有私家偵探在跟蹤我。」

「他為什麼要請人跟蹤你呢？」

「因為他要看看，我認為他死了，會做什麼？這樣他可以離婚而一分錢也不給我。他要看我……看我……會不會和什麼人跑掉。」

「有心目中的人了嗎？」我問。

「不要太自負了。」她淘氣地說。

「我不懂你說什麼。」我告訴她。

「你真會裝假。像你這樣聰明的人……你為什麼不肯到我這裡來把這件事談一談？」

「我太忙了。」

「忙得接一個新案子也沒時間？」

「柯白莎管接新案子和討論費用。」我說：「她接好了案子，我出去辦案。我想你應該先和柯白莎談談。請你十分鐘後再打電話來。」

我把電話掛上。

白莎滿臉堆著笑容。「這才是標準的回答方法，唐諾。」她讚許地說，「你交給白莎來管生意，保證不會錯，尤其是對付女人。

「女人只要給你看一點腿，你的魂就不知到什麼地方去了。我的興趣，只是鈔票——唐諾，你想，這樣大一筆保險金，我們能不能分一點過來玩玩？」

「這全要靠你了。」我說。

「她說了些什麼？」

「她認為她丈夫是個狡猾的陰謀家。她認為他可能安排了一個假的死亡。」

「真是妙極了！」白莎說。

「但是和事實不符。」

「為什麼？」

「因為。」我說，「警方在屍體上採集到一套完整指紋——而指紋絕不會說謊。」

「但是，她為什麼會有這種想法呢？」白莎問。

「因為蓋亞莫像極了她的丈夫，她說像雙胞胎。」

「也可能只是個巧合。」白莎說。

「這件事巧合太多了。」我說：「鄧仙蒂會在柏岱芬離開我們偵探社——要我們找她丈夫——不久後就來找我們——要我們找她的亞莫叔。」

「唐諾，是不是你心裡已經有個想法了？」

「我是有個想法。」我說，「但是非常瘋狂的。」

「為什麼瘋狂？」

「因為只有這可能。」

「說出來聽聽。」

我說：「假如柏馬鍇想使自己消失，假如他早就有個漂亮金髮情婦，她又有錢，又願意無條件跟他一起失蹤。」

「說下去。」白莎兩眼發光地說，「不要停，唐諾。我看得出你的好腦筋又開足馬力了。每次你的頭腦開始使用，我看得出我們會中頭獎。他本來有個金髮有錢又漂亮的情婦，兩人要一起失蹤，然後呢？」

「我們先說艾堂木。」我說。

「他是誰？」

「羅密里，日夜修車廠，五號晚上當班的人。」

「好，說下去。」

我說：「我們知道他，對女人毫無抵抗力。」

白莎點點頭。

「而且有刑事前科。」我說。

她又點點頭。

「好。」我告訴她，「艾堂木碰到一個性感美麗的金髮女郎。堂木是急求成功的。女的也是急求成功的。」

「說下去。」白莎說。

「堂木想要金髮女，也想要錢。金髮的要堂木，也想要錢。堂木又會用鬼腦筋設計犯罪。」

白莎點頭。

我說：「堂木知道，像那樣一個金髮的，只要站在合適的地方招手，開車的男人幾乎不可能不停車。所以，這個女的相當挑剔的——她不選一男一女開的車，她不選看來不夠格的車，她要選看起像大富翁的車，於是就來了柏馬鍇裝備齊全的『路來賽』。」

「說下去。」白莎說。

「這對她胃口。」我說：「她上了他的車。前座有兩個男人。這個金髮美女懷裡有一個鉛頭的皮棍。」

「嗯，掛在頭頸上，從兩個乳房當中垂下來。」白莎說：「唐諾，這一點你錯了。兇器是千斤頂的手柄。」

「打死人的兇器，是千斤頂的手柄。」我說：「但我現在說的是打昏人。」

「說下去，唐諾。」白莎說：「現在先聽你的。」

「到了合適的預定地點，金髮的把棍子從身上拿出來。」我說：「然後她怎麼樣？」

「她怎麼樣？」白莎問。

我說：「她不能先打駕駛的頭。因為另一個男人會起而反抗她，甚而翻車，連她也傷在裡面。但是她要是先打那個男的搭車客，開車的又會有什麼反應？他不可能把兩隻手都離開方向盤，因為那樣會翻車，尤其是在那條山路上，他最多只能用一隻手來處理。」

白莎點點頭。

「所以，她又在他後腦輕輕的打上一下，因為這是個專門用來打人的武器，所以帽子沒打破，頭上也沒出血。」

「之後呢？」白莎問。

「之後，」我說：「金髮的把車開下泥巴路，停車，走出來，把車鑰匙拿下來，打開車後行李箱，拿出千斤頂手柄，把開車的拉出車來。然後把車向前開百餘碼，把男的搭車者拉出車來。然後她拿了千斤頂手柄，回去真正的結束了柏馬諧。她做得相當徹底，她絕不要他醒過來，她要的是個可以查得出身分的屍體。」

「說下去。」白莎說。

「首先，」我說：「她把柏馬諧口袋中每件東西都掏出來，然後她把所有的東西放到另外一位昏迷的人口袋裡。當然她會自己保留所有的大鈔，因為她不願意把鈔票放進替死鬼口袋去。」

「之後呢？」白莎屏住呼吸問。

「之後，」我說：「她用千斤頂手柄敲一下男的便車客，讓他出血，但是昏迷而已——她滿意了，今天該做的都做完了。」

「你什麼意思？」白莎問。

我說：「她走向一邊，坐在樹叢裡。等候。」

「等什麼？」白莎問。

「等那男的便車客醒回來——但是，這時候她的運氣來了。正好蓋亞莫一醒回來，不知道自己身在何處，也不知道發生了什麼事。不過老實說，即使他知道，差別也不大。」

「怎麼說？」

「他醒回來，重獲了知覺。他有嚴重頭痛，他被丟在路外。四周是黑暗的，車子就在邊上，車門開著，引擎沒有關閉。是你怎麼辦？」

「你問假如我是蓋亞莫？」

「是的。」

「我會跳進車裡，快快離開，免得金髮殺手回來解決我。」

「正是如此。」我說：「然後你幹什麼？」

「我會拚命開車，開到最近的城市，找警察報案。」

「很好，」我說：「你告訴他們什麼呢？」

「我會告訴他們這個金髮女搭車客和一切發生的事。我會帶他們回到最後發現車的地方。」

「你推理很有次序。」我告訴她：「繼續下去，白莎。」

「之後，」白莎說：「警察會拿一支手電筒在附近找，他們會找到——等一下，他們會找到那金髮女人嗎？」

「怎麼會呢，女的沒有腿嗎？留在那裡等別人找她？」我問。

「不會，你是對的。」她說：「警察會發現柏馬諧的屍體。」

「對的。」我告訴她：「之後怎樣呢？」

「之後，他們會搜死人口袋找證件，發現什麼證件也沒有。」

「又之後呢？」我問。

白莎開始眨她的眼。「然後──他奶奶的！」白莎瞪著眼說：「他們會開始問蓋亞莫問題。他們會要求蓋亞莫證明真有一個金髮女人。然後──老天，唐諾！這個蓋亞莫沒有辦法證明真的有過一個金髮女人。他沒辦法證明汽車裡還有個第三者，所有柏馬諧的東西都在他口袋裡，他自己會被看作嫌犯。唐諾，你說下去。」

「不要，你目前做得很好，你來說下去。」

「他會被視為嫌犯，調查重點會集中在他身上。」

我點點頭。

「然則。」白莎繼續說，「假如本案如你所說……這個金髮女搭車客得到什麼？她沒拿到錢呀──再說，她為什麼要打電話給柏太太，說她丈夫爆胎了？」

「這，」我說，「是本案的精華所在了。那個金髮女人，志不在柏馬諧身上帶著的錢，她是另有所圖。」

「圖什麼？」她問。

「喔，也許是二十萬元鈔票。」我說。

「怎樣拿法？」她問。

我說：「想想那一張專門對付亂花錢後代所立的信託基金遺囑。蓋亞莫到了三十五足歲，從未判定任何重大刑罪，可以拿一大筆錢。假如被判定重大刑罪，這筆錢會去哪裡？」

「慈善機構。」白莎說。

「假如遺囑上的條款不是訂得太死，尚有爭論的餘地。假如遺囑可以打敗，所有的錢會交給蓋亞莫的合法繼承人。」

「誰是蓋亞莫的合法繼承人呢？」

「譬如，有一個蓋亞莫哥哥的遺孀。」

「誰？」

「仙蒂的媽媽。當然，仙蒂自己也是一個。」

「真的？」白莎叫道。

「是的。」我說。

「但是遺囑怎麼可以打敗呢？」

「明顯的，這位立遺囑的人是在遺囑生效後三十天之內死亡的。」我說：「在我們這個州裡，立好遺囑，不到三十天立遺囑人死亡，他財產只有三分之一可以捐給慈善機關，其他的必須分配處理。」

白莎的眼睛變小了，然後突然張大，「唐諾，回想起來，再仔細看看那個乳——嘿，他奶奶的！幾歲啦——這黃毛丫頭？」

「十五歲。」

「看到聯邦調查局一直在談的青少年罪犯。」白莎說，「這年頭年輕人在電視上看到了太多的暴力和犯罪技巧，受訓的機會太多了，也太早了……老天，唐諾，這真是天衣無縫。她能夠——等一下！等一下！有地方不對頭。」

「什麼地方不對頭？」我問。

「這個金髮搭車客。」白莎說，「應該是不存在的。警方現在的理論是蓋亞莫造出來的，沒人會相信的。」

「假如是如此，至少有兩件事會改變他們想法。」

「哪兩件？」

「這兩件事是任何人都不可能預期到的。柏馬鍇把車在中溪河停下來，讓那兩個搭車客吃火腿蛋。還有在吃東西的時候，柏馬鍇打電話給他太太，告訴他太太有關金髮搭車客這件事。這是誰也事先想不到的，但金髮女郎是因為這兩件事才被說不是憑空造出來的。」

「你說下去。」白莎說。

「既然金髮女郎知道被牽進了本案，她一定要想辦法脫出本案，表示和本案無涉，所以才有金髮女郎打電話給柏馬鍇太太說車子拋錨，爆胎這件事。」我說，「假如，蓋亞莫做了他該做的——在羅密里停車，去報警。那麼金髮的只要溜掉就可以了，警方最後自會懷疑到蓋亞莫身上的。但是亞莫沒有這樣做，他一直的走，不報警。現場附近久候無動靜，這使陰謀的人失去主意了，這就是為什麼有五小時的延擱，這就是為什麼五小時內柏馬鍇的車，只從中溪河開到羅密里鎮外十哩，說是拋錨的地方。五小時只開五十哩！」

「所以金髮殺手只好去找艾堂木商量商量？」白莎問。

「可能，」我說，「白莎你推理得不錯，再試試。」

「於是艾堂木想出這個辦法，由她打電話給柏太太，告訴柏太太爆胎的故事。」

我不說話。

「這的確是把金髮的搭車客牽進了本案。」白莎說：「但是由於蓋亞莫開了車子逃掉了，又兌了一張旅行支票等等，又把金髮的退出了這件案子。」

「她打給柏太太的電話還是把她牽進來了。」我說：「記得嗎，她說車子爆胎了，她被送出來先搭便車到下一站，找拖車來修。」

白莎說：「你們把艾堂木用測謊儀試過？」

「測謊儀顯示，他對六號清晨沒有人找他修車是在說謊。所以測謊專家指出他在說謊。艾堂木深吸一口氣，就自白了。這就是所有測謊專家常犯的錯誤，他們不再研究自白是不是真的。」

「唐諾。」白莎說，「我真的不相信。但是給你說來又那麼合理，我不能不信。」

「我告訴過你，這是非常瘋狂的，這是我在推著玩的一個推理。」

「但是，開始是怎樣想起的呢。」

「一切都在眼前。」我說：「蓋亞莫馬上就要到三十五歲生日，一到那一天他會有大量的遺產到手。就在這個節骨眼上，他突然牽涉到一件謀殺案裡去。使人不能不想到這件謀殺案和遺產是有關係的。然後柏太太來這裡要找她失蹤的丈夫，不久又來了鄧仙蒂。」

「怎樣呢？」白莎問。

「很有可能，仙蒂知道柏太太來過這裡，和你談過話。」

「她又怎麼會知道？」

「可能有好幾個答案。」我說：「但先記住，柏太太幾乎一離開這裡，仙蒂就進來了。記得嗎，仙蒂在後，不是在前——是柏太太一走，仙蒂就進來了。」

「賴唐諾。」白莎說，「你不會是說這個小丫頭——老天，唐諾，她根本不在乎我們會不會替她找到蓋亞莫。她的目的是把她亞莫叔牽進案子來，曝曝光。當我們追查柏馬鍇下落的時候……再說，當然柏馬鍇的車子會全面追查。一輛『路來賽』查起來不難……蓋亞莫早晚會落入他們的陷阱，不管他如何處理。」

「是的。」我說，「他們唯一沒有計算進去的是暫時的記憶消失。但是，對最後的結果，倒是沒有多大差別的。」

「唐諾，你準備怎麼樣辦呢？」

「什麼也不辦。」我說：「這是你的推理結果。你的理論、你的看法。我只是問問題，是你在回答問題。」

白莎大怒道：「是你把概念塞到我腦子裡，要我講出來的。現在你竟……好在，我也等於全部瞭解了一下。這個看起來不懂事的小……」

我說：「等下再罵人，白莎。」

「還等什麼？」

「等你見過那個基金的受託人，普求美先生。」我說：「我只告訴過你，有人想把一件謀殺案掛到蓋亞莫的脖子上去。這件事又正好發生在七十五萬元遺產快要轉手的時候，所以我們一定要找動機。」

「那受託人？」白莎說：「怎麼半路又殺出個……」

白莎的話被電話鈴聲打斷。白莎拿起電話說：「哈囉，」然後把電話交給我說：「你的電話。」

「什麼人？」我問。

「長途電話。」白莎說。

我把電話接上擴音器，使房間裡的白莎和我都可以聽，可以講。

我有一個特別的靈感，我說：「哈囉，我是賴唐諾。」

對方是代理執行官胡海威，聲音從擴音器裡出來：「唐諾，我自己也不願意打這個電話給你。但是蓋亞莫這件案子有了新的發展。」

「請說。」我告訴他，「我喜歡聽新的發展。」

「對了，這一個你會更有興趣的。」他說。

「是什麼？」我問。

「蓋亞莫已經把所有發生的事都告訴我們了，他什麼都說出來了。」

「他說了什麼？」我問。

「他說你在雷諾他躲起來的地方找到過他。那次他把他的故事都告訴過你，但是你沒有和警方聯絡。我們知道你能夠找到屍體，是因為他詳細告訴你，他醒過來的地點。

「他說是你叫他在雷諾要穩住了，要拒絕引渡，要把一切慢下來，拖過三十五歲生日再說。他本來預備照你建議去做的，但是他怕了。由於是你勸他把身上柏馬錯的東西都拋掉，所以他把東西埋在內華達，後來他又想最好離開內華達。這樣沒有人知道他來過內華達州。」

「滿有意思的。」我說。

「這比有意思嚴重得多。」海威說：「我們不喜歡這種事，賴唐諾。一點也不喜歡——這一來，你是這件事的事後共謀，這使你成了依靠罪犯的內線消息而找到的屍體；這使你成為隱瞞謀殺案的證據。」

「你準備怎樣處置我呢？」我問。

「我們現在要你來這裡。」海威說。

「派人來捉？」我問。

「要你自己來報到。」他說。

「怎麼會呢？」

「我願意冒這個險。」他告訴我：「我說服了這裡的地方檢察官，請他在把你的案情，送交大陪審團決定要不要起訴你之前，先給你個機會和你談一談。」

「記者知情了嗎？」我問。

「還沒有。」

「你要我過去？」

「我們要你過來。再問你一句，你自己過來？還是我們派人來請？」

「我自己來。」我告訴他，把電話掛斷。

白莎的眼睛在閃爍。「唐諾。」她問，「有這回事嗎？」

「哪回事呀？」

「你知道我問哪回事，和蓋亞莫私下接觸這回事。」

「為什麼不？」我說：「有人給我們一個工作，要我們找到他，不是嗎？」

「你說『給我們一個工作』是什麼意思？」

「鄧仙蒂，」我說，「想要找她的亞莫叔。她媽媽，依玲，要想知道亞莫去哪裡了。但是她們沒有錢請私家偵探，所以——」

「所以你背著我去找她們，結果走進了她們的圈套？」

「你什麼意思，『結果走進了她們的圈套』？」我說：「我們走進了我們的『免疫血清』，才是真的。」

「怎麼說？」

「我們有兩件工作。」我說：「一件是要我們找柏馬鍇，另一件是要我們找蓋亞莫。我在保護我的客戶，我在向客戶報告之前，不能洩露了自己客戶是誰、在哪裡。當然，發現屍體是另一回事，絕對不能隱瞞。所以我報告了當局，但是我也不必告訴他們，我怎麼發現屍體的。」

「我們的客戶！」白莎向我叫道：「一個骨瘦如柴、發育未全的黃毛丫頭，電視看多了，設計一個殺人把戲，使她和她媽媽可以得到一大筆錢！」

「只是可能，白莎。」我說，「你還不知道是不是呀？」

「屁個不知道！」白莎說：「是你的理論說服了我。」

「既然如此。」我說：「說不定我也可以說服肯恩郡的地方檢察官，和他做個交易。」

我拿起帽子，走出去，把柯白莎一個人，又生氣又擔心的留在辦公室裡。

第十五章　完整的犯罪計劃

從洛杉磯到貝格斐開車快一點兩小時二十五分可到達。

我兩小時超過一點就到達了。

胡海威用緊閉的嘴唇，嚴厲的眼神看著我：「賴。」他過了一下說，「這次我可是冒了很大的險，來替你擋這一下的。」

「謝謝你。」

「我儘量不使報上登出來。」他說：「但是不知什麼原因，消息終究漏了出去。是你們辦公室嗎？」

「絕對不會。」我說。

他交給我一張油墨尚未全乾的報紙，指向其中一個小段。

我看到上面一個標題，「地檢官要私家偵探難看」。內容提到一位正在調查本案，屬於洛城柯賴二氏私家偵探社的私家偵探賴唐諾，即將受地方檢察官的約談。

大陪審團也非常有興趣問他幾個問題。目前賴唐諾在和合夥人柯白莎詳商對策，相信他面對大陪審團時，會有驚人的真相洩露。

「真糟糕。」我說。

「你的合夥人。」胡海威說，「她對這案子知道多少？」

「她只知道我告訴她的。」

「其他呢？」

「什麼也不知道。」

「好吧。」海威說：「假如你有驚人的真相洩露，最好準備全都說出來。我們現在進去看地方檢察官。」

房門打開，另一位助理進來。

海威偷偷向我做了一個神秘的表情，他說：「我先去看地檢官有沒有空。」

「他是怎樣一個人？」我問海威。

「你自己會知道的。」他難解地說。

他走出辦公室。

我笑向那位助理說：「天下事真難說，蓋亞莫怎麼會說出這樣一個故事來？」

助理只是搖搖他的頭，偏向報紙道：「我只知道報上這一些。」

我又把報紙拿起，一則短消息報導吉高溫律師已經撤退，不再是蓋亞莫的律師。然後蓋亞莫向地方檢察官作了自述。

文中提到這件案子將盡一切可能提早開庭審問。地方檢察官歐寧台親口保證，大陪審團會很快決定讓他起訴，這件案子也會很快開庭審問，使陪審團來作有罪無罪之判定。法院的日程總是排得非常擁擠的，一般來說，等開庭是要分配並依次序排候的。但是對本案而言，法院已決定排除一切困難，使大家看到肯恩郡對「公正」是「快速」的。

報上還有柏岱芬的一則訪問報導。她擺好姿勢給拍了一張照片，戴了一付墨晶眼鏡露幾分腿。地方檢察官說蓋亞莫的案子是毫無置疑的案子，他相信蓋亞莫會自認有罪，請求庭上減刑。假如他自認有罪，地檢處用他的自白加上收集的全部證據，大概足夠使他被判定為第一級謀殺，那麼有可能不必把柏太太再請上證人席作證。一個丈夫才被人謀殺的太太，還要出庭作證，是非常可怕的經驗。柏太太近日在家悲悼著丈夫的死亡。她的醫生說她精神狀況欠佳，建議她早日作海上的長期旅行。

好幾家報紙都有柏太太的專訪，我看了一半，門開了，胡海威回到辦公室來。

「賴，我們可以進去了。」他說。

他帶我走過走道，來到一個辦公室，門上漆著「地方檢察官」。我們推門進去，房裡有不少人，我們經過他們，又經過一個漆著「地方檢察官——私人辦公室」的門。

門在我身後關上，胡海威替我們介紹，他說，「歐寧台。賴。」

歐寧台是個四十七或四十八歲的大個子，兩隻又深又大又黑的眼睛，湊得比別人近一點，長在兩條濃眉之下。他並沒有要和我握手的表示，他說：「賴，坐下來談。」

我坐下。

「我聽到一個對你最不利的故事。」他說。

「哪一方面不利？」

「你顯然是一個事後共謀犯。」

「對什麼罪呢？」

「謀殺罪。」

「什麼人的謀殺？」

「不要找遁辭躲避，」他提高聲音說：「對柏馬鍇被謀殺，這件案子的事後共謀。」

「怎麼共謀法？」我問。

「你建議兇手不要回到本案的司法管轄區來，你建議兇手把證據湮滅。而且你發現了柏馬鍇被竊的車子，卻不向有關機關報告。」

我打了個呵欠。

「該死的！」歐寧台說：「這不是件小事，賴。你會被吊銷執照，我保證你會。我也相信你會失去自由。你倒再打個呵欠看有沒有用。」

我說：「我在保護我的客戶。」

「不是，你不是。」歐寧台說，「我和柏太太在電話上談過，她並沒有指示你，有任何事不要宣揚開來。她僱你的目的是找到她丈夫，她——」

「我不是在講柏太太。」我說，「我是在講蓋亞莫的親戚。」

他眨了兩下眼，「什麼親戚？」

我說：「一位十五歲大的女孩，勇敢地裝著成年樣，有強烈的感覺她的亞莫叔有了大麻煩了。」

這是他沒有想到我會給他的回答，歐寧台細細在研究怎樣進行這次約談。

我說：「我聽說柏太太正在申請避免在大陪審團決定是否起訴蓋亞莫的聽證時出庭，也要申請本案在法院開庭時，她可以不出席，是嗎？」

「不要顧左右而言他。」他不屑地對我說：「我們現在在說你。不是在說柏太太。」

「那也可以，」我說：「我可以用一下電話嗎？」

「打給什麼人？」他問。

「首先。」我說，「柏太太什麼號碼？喔，不必了，我身邊有。」

我拿出我的記事本，把電話拿起，轉向地方檢察官問：「她可以不出庭作證是誰的主意，你的？還是她的？」

「我的。」他說：「我告訴她可以做這個申請，避免拋頭露面。」

我對著電話說：「我要找中溪河和羅密里電信局，管長途電話紀錄檔案的人講話。我想這兩個地方是同一個電信局，用同一個總機的，是嗎？」

「是的。」總機說，「是地方檢察官辦公室嗎？」

「是的，」我說。

「請問你是誰？」她問。

「我姓賴。」我說，「請馬上接過去好嗎。」

過了一下，對方有聲音說：「哈囉，有什麼貴幹？」

我說，「我在查五號晚上到六號早上的幾通長途電話，首先我要查一個電話，從卡文鎮到洛杉磯ＥＤ六——五五八九，之後請查一個三十五分鐘後，從中溪河到洛杉磯ＥＤ六——五五八九的電話。最後我要查清晨五點鐘，從羅密里到洛杉磯ＥＤ六——五五八九的電話。」

「你在幹什麼？」歐寧台不耐地向我說。

「我在做你早就該想到要做的事。」我說：「查一查這些長途電話。」

「沒有這個必要。」歐寧台說：「我已經有柏太太宣誓後的書面證詞在這裡，她很合作，讓我們一字一字記下她說的話。她說在前兩個電話，她毫無疑問來電是她丈夫的聲音，而且因為某種別人不知道的暗語，所以絕對是她丈夫打來的。有了這書面證詞，我可以證明這些電話，不需電信局來證明。」

「那很好。」我說。

「把電話掛上。」歐說：「要調查的地方我們自己會辦，不需勞你大駕。我想你是在拖延時間。」

我說：「你的意思你沒有查對過這些電話？」

「我們當然不必去查這些電話，我們已經有接電話女人的證詞。沒——」

胡海威說：「等一下，寧台，既然賴已經把電話接通了，對方也願意查一下，我們多一個紀錄也無所謂。」

我拿著電話等了幾分鐘，對方說：「我們這裡沒有從卡文鎮，沒有從中溪河，沒有從羅密里，打到洛杉磯ＥＤ六——五五八九的電話記錄。」

我說：「假如有人打長途電話，但是對方沒有人接聽，會怎麼樣？」

「沒有人回話的長途電話會銷號，因為不必收費，連傳票一起銷毀。」

「我認為你最好直接告訴地方檢察官。」我說：「請等一下。」

我轉向歐寧台，說道：「五號到六號，卡文鎮、中溪河和羅密里，沒有給柏太太長途電話的紀錄。假如有人打電話，沒人接，可以有這種現象——傳票銷毀了。假如有接通電話，有人通話，傳票會保存。你要和電信局談談嗎？」

歐寧台從我手中把電話攫過去。

「我是地方檢察官歐寧台。」他說：「告訴你，我們知道這些長途電話是有的，我們也知道接通的時間，我要查對一下這些電話。」

他把臉繃得緊緊的，一臉不耐煩，向電話內叫道：「該死！我告訴你電話是絕對接通了的，我有接電話人宣誓證詞在這裡。」

他蹙起眉頭，深思地癱坐在那裡，然後說：「聽著，我們絕對不能在這上面出一點錯。我一定要知道，電話是打通了的。你們的記錄方法有問題，我要你再查查。」

歐寧台把電話摔回去，轉向我，「你現在已經花樣玩夠了，我也盡可能尊重你，陪你玩。現在，我要做我該做的事了。」

他向胡海威點點頭，拿起電話說：「好了，把記者們請進來吧！」

門外一陣騷動，辦公室門打開。

我向椅背上一靠，點起一支香菸。

「各位。」歐寧台說，「這件事我已經盡可能不使它讓你們知道，因為我總盡可能做一個公平公正的人。這位是賴唐諾。他是從洛杉磯來的私家偵探。他已經涉及本案。今天蓋亞莫向本人提出的陳述裡面，牽到了他的名字。」

幾位記者用閃光燈對我拍照，一位記者向歐寧台說：「地方檢察官先生，你能發表一些內容嗎？」

歐寧台猶豫著。

我的朋友賈可法皺著眉頭看我，突然大聲地說：「賴先生，你有什麼要說的嗎？」

「很多。」我說：「我要向記者朋友說不少實況。」

「現在說，我們都在聽。」賈可法說。

我說：「這位地方檢察官五分鐘前發現了一個驚人的事實：卡文鎮、中溪河和羅密里三個地方，五號晚上到六號早上，根本沒有長途電話接通洛杉磯柏家住宅的記錄。柏岱芬，那位新寡的，宣誓說，她接到先後三個電話——一通是丈夫從卡文鎮來的，一通是三十五分鐘後丈夫從中溪河打來的，最後一通是五小時後，金髮搭便車客從羅密里打給她的。地方檢察官已確定沒有這些長途電話接通的紀錄。假如電話接通，傳單一定保存以便結賬，一定有紀錄。唯一沒有紀錄的原因是電話沒有人接，銷號了。

「這意思，」我說：「就是柏岱芬說她接到這些電話，都是在騙人，說謊。也就是說五號晚上到六號早上，她不在家。

「多謝這裡的胡海威，警方目前在循一條熱線追蹤。簡單點說，所謂金髮的便車客根本不是別人，而是我們的柏岱芬女士。她戴頂金色的假髮，用有色的隱形眼鏡改變眼睛的顏色，和她丈夫共同策劃實行一個陰謀，騙取保險公司十五萬元的保險費。」

「嗨！等一下。」歐寧台大叫：「你不能——」

胡海威看著我，兩眼不停眨動，他舉起一隻手，手掌向前，對著歐寧台，他說：「等一下，寧台。他要說，讓他說。」

我說：「柏馬鍇錢賺不少，但是始終鬧窮。他有個保險，意外死亡是十五萬。

他和他太太設計了一個完整的犯罪計劃。

「犯罪的起因是他們偶然碰到一個像極了柏馬諧的人，他的名字是蓋亞莫。他們研究亞莫的背景、習性。他們兩個展開了一場非常周密的對亞莫的調查，尤其是萬一蓋亞莫失蹤的話，哪一些他的朋友會關心，會追究。假如我們不厭其煩去找，一定還可以找到有一家私家偵探社曾幫助他們完成這項對蓋亞莫的調查工作。他們知道了蓋亞莫是一個有週期性酒癮的人。他們在最後一次蓋亞莫出去喝酒的時候跟蹤著他。當蓋亞莫到加油站，要搭便車回家的時候，柏馬諧好像正好偶然經過加油，事實上，這是早已計劃好的一部分。

「他讓蓋亞莫搭上車，把他放在前座。他們離開卡文鎮。在卡文鎮外幾哩，他們遇到了神秘的金髮便車客，實際上就是柏馬諧的太太柏岱芬，戴了假金髮和深色隱形眼鏡，穿了緊身的衣服以加強引誘力。她依計劃坐在後座。

「柏馬諧故意在中溪河停車，給他的兩個便車客飽飽肚子。他真正的原因是假裝打一個電話，柏太太於事後要說當時她在家裡接到了這個電話，給她一個十分有力的不在場證明。

「柏馬諧走向電話，假裝在說話，事實上是向一個空電話講話。打完電話他帶走了兩個搭便車客。在去羅密里的路上，到了一個預定的地點，柏太太用一個敲人腦袋的棒子從後面敲了蓋亞莫腦袋一棒子。蓋亞莫昏過去。他們依計載了蓋亞莫離開公路，開下泥巴路，停車，拿出千斤頂的手柄，他們準備把他臉打爛。他們也準備把他屍體留在原地，等他完全爛掉才被人發現。他們把所有柏馬鍇的東西，自口袋中拿出來，放進只是昏迷的蓋亞莫口袋中，將來別人才會以為這屍體是柏馬鍇的。

「就在這個緊要關頭，柏馬鍇怕了，下不了手了，他的胃痙攣了，他吐了起來。他也許走下山澗去清洗。這時候柏太太第一次瞭解了她自己的處境——她和一個沒有種的人共同計劃了一件謀殺案，而且已經陷進去了。這時候，假如她殺了蓋亞莫，只要有人一問柏馬鍇，他一定會嚇得什麼都招供出來，這會使他們兩個一起進毒氣室的。

「所以——她想到，何必冒生命危險去製造一個代用屍體呢？她需要的反正是一個死的丈夫，使她成為有錢的寡婦。何不把兩個男人殺掉，由這位神秘的金髮女搭車客來擔負責任？反正她自己有她丈夫給她做好的時間證人。

「這個好主意一溜上她的腦子，她幾乎立即付諸行動。但是，在她走回來想把已經放在蓋亞莫身上她丈夫的東西，拿回來放還她丈夫的口袋去之前，蓋亞莫醒了。蓋亞莫爬上汽車，把車開跑了。

「好好一個精心設計的罪案，出了一點小的紕漏。然則這個紕漏並不嚴重，柏太太已經有了對她價值十五萬元的屍體，她可以把殺人的事推在蓋亞莫身上。所以她走到羅密里，找家修車廠，要他們派輛拖車回去。

「她的本意是希望拖車過去，發現沒有車子在路邊。但是她發現在車廠值夜班的人滿對她胃口。她覺得這是個機會，可以給他腦中加深印象，所以她不但沒有讓他發車出去，反而坐下來喝咖啡聊天了。柏太太離開的時候，艾堂木認為即使再開拖車去也已經沒有用處了。」

歐寧台想說什麼，但自己忍住了。

「郡行政司法長官辦公室。」我說，「在胡海威領導之下，做了不少聰明的偵查工作。他們已經找到了這位神秘金髮女搭車客在艾堂木工作地方用過的一面小鏡子，背後有一個清晰的指紋，還有兩個模糊的。指紋已經保存起來了，有充分的理由相信指紋是屬於柏太太右手小指的指紋。」

我又向椅後一靠，替自己點上一支菸。

「唐諾。」賈記者說，「你講的消息我們不能發佈，一定要有人證實才行。我們現在就請——」

胡海威跳著站起來。「各位。」他說，「我們想不到賴唐諾嘴巴那麼快，講了那麼多。他一直和本辦公室很合作，但有的消息我們還不準備發佈——還不到時間。我們正式告訴各位，這消息還要保留幾分鐘。」

賈可法說：「這種新聞要我們保留？你瘋啦？」

胡海威轉向他。「滾出去。」他說：「過份。」

他又立即轉向我說：「該死的，賴！你不該放一把野火，什麼都向他們說的。」

「我以為是你要我向記者們做一次說明的。」我說：「你把記者們叫進來，不就是為這個嗎？」

「不是為這個。」他說：「所有的人，統統給我出去。我們會馬上重新開正式的記者招待會。在……」他看向歐地檢官，他說：「半個小時之後，好嗎，寧台兄？」

「四十分鐘之後好了。海威兄。」地方檢察官說。

第十六章 極度巧合的背後

白莎看了報紙，看向我說：「你這小狗娘養的。」

我不說話。

「唐諾，你怎麼會知道的？」

我說：「柏岱芬不該突然太熱心了。她的醫生建議她去航海旅行，地方檢察官告訴她可以不出庭作證。我開始用腦筋來想——我沒想通前，的確一直在受這件案子中的巧合因素在困擾。

「我想我一直疏忽了這件案子中最重要的線索。鄧仙蒂說過她曾去問過一個圖書管理員朋友，哪一家私家偵探社好一點。圖書管理員告訴她我們偵探社。假如姓柏的有僱了偵探在注意仙蒂的行動，極可能也探出了圖書管理員和仙蒂的談話內容。所以柏太太把我們拖進去一起玩一玩。這種巧合我早就懷疑是不可能的。現在看來明顯得很，柏太太在注意仙蒂的行動。柏馬鍇的屍體已經死了太久未被發現了。過久到不能辨認身分對柏太太是不利的。寡婦開始有點擔心了。」

「他奶奶的！」白莎說：「而你在貝格斐放了一把天大的野火，一下說了出來！——柏太太動作也真快，寫了一個自白，吞一大把安眠藥。唉！」

「這比進毒氣室要好一點。」我說：「甚至比坐在牢裏看自己青春流逝，也要好一點。」

白莎把面前桌子上一封信拿起來。

「保險公司節省了十五萬元的支出。」她說：「他們有個聯合協會，預防保險金被詐騙，也付獎金給偵破保險詐騙案的人。這是他們的通知單，會給我們柯賴二氏一萬元獎金。想想看，現鈔一萬元呀。」

「小兒科。」我說：「想想蓋亞莫馬上到三十五足歲了，他會拿到七十五萬遺產。」

白莎長長地嘆了一口氣：「有的時候。」她說，「我覺得你是世界上最惹人生氣的渾蛋。有的時候我也不能不佩服你的腦筋像空中飛人。你——你像一個特技表演的人，動作太快，看的人不知道你在做什麼。冒險冒到你的合夥人冷汗淋淋。」

我指指桌上那封通知函。

「鈔票沒有把你嚇著吧？」

白莎說：「唉！你嚇倒我了。我老實對你說，我要不是那麼喜歡鈔票的話，我早就該在還享有自由的時候，和你拆夥，分道揚鑣。」

「但是你不會真幹吧？」

「當然不會。你給我現在出去，去看蓋亞莫，看看我們能不能分一杯羹。沒有你，他現在還在牢裡等槍斃，他該懂得什麼叫感激。白莎要賭，就賭個痛快！」

相關精彩內容請見《新編賈氏妙探之20 女人豈是好惹的》

新編賈氏妙探之19 富貴險中求

作者：賈德諾
譯者：周辛南
發行人：陳曉林
出版所：風雲時代出版股份有限公司
地址：10576台北市民生東路五段178號7樓之3
電話：(02) 2756-0949
傳真：(02) 2765-3799
執行主編：劉宇青
美術設計：吳宗潔
業務總監：張瑋鳳

出版日期：2023年9月 新版一刷
版權授權：周辛南
ISBN：978-626-7303-12-2

風雲書網：http://www.eastbooks.com.tw
官方部落格：http://eastbooks.pixnet.net/blog
Facebook：http://www.facebook.com/h7560949
E-mail：h7560949@ms15.hinet.net
劃撥帳號：12043291
戶名：風雲時代出版股份有限公司

風雲發行所：33373桃園市龜山區公西村2鄰復興街304巷96號
電話：(03) 318-1378
傳真：(03) 318-1378
法律顧問：永然法律事務所 李永然律師
　　　　　北辰著作權事務所 蕭雄淋律師

行政院新聞局局版台業字第3595號 營利事業統一編號22759935

定價：299元　

國家圖書館出版品預行編目資料

新編賈氏妙探. 19, 富貴險中求 / 賈德諾(Erle Stanley Gardner)著；周辛南譯. -- 臺北市：風雲時代出版股份有限公司, 2023.05　面；　公分

譯自：Pass the gravy.
ISBN 978-626-7303-12-2 (平裝)

874.57　　112002534